KB038523

벨플러의 꿈

김미영 지음

벨플러의 꿈

마흔,
이제 나를 찾기로
했습니다

P:AZIT

차례

2부   귀를 열고

3부   나를 찾다, 벨플러

✦

프롤로그

5cm.

세상과 작별을 고하는 거리는 단 5cm면 충분했습니다. 그날 전 상하이에 위치한 아파트 30층 난간에 서 있었습니다.

막상 뛰어내리려고 한 그 순간, 우습게도 '동방명주 타워를 감상하며 뛰어내릴까, 단지 내 잘 정돈된 프랑스식 정원을 보며 뛰어내릴까'란 생각을 하고 있더라고요. 결정적으로 전 고소공포증이 있습니다.

다시 살기로 하니 과거를 잊고 싶었어요. 그래서 기억을 멀리하고 한동안 감정 없이 지냈어요. 방법은 간단했어요. 자는 시간 외에 온종일 몸을 바쁘게 움직이는 것. 그랬더니, 그래도 살아지긴 하더군요. 그런데 그건 정말 사는 게 아닌 것 같았어요. 왜냐하면 그 삶 안에 '나'는 없었으니까요. 그냥 빈껍데기만 분주하게 여기저기를 종횡무진으로 활약했어요. 몸은 뜨거웠지만, 마음은 차가웠어요. 텅 빈 것 같았죠. 아니 그게 아니라, 암흑처럼 새까맣게 텅 비어 있는 내 안 어딘가에 '나'의 존재를 어렴풋이 느꼈어요. 아주 희미하게 말이죠. 어디에 있는지는 모르겠지만 분명 내 안에 있었어요. 그래서 그때부터 '나'를 찾아보기 시작했어요. 쉽지는 않았어요. 참 오랫동안 외면했었으니까요. 아주 오랫동안.

서랍을 열어 연습장을 꺼냈습니다. 생각나는 단어들을 하나씩 연필로 눌러 쓰기 시작했습니다.

발코니, 회색소파, 르 보들레, 주사기, 어금니, 위스키, 투르, 하얀 티셔츠, 연어, 침묵, 네스프레소, 프로슈토 피자, 아버지, 강릉, 유시민, 상공회의소, 마고

단어를 하나씩 되짚으면서 저의 어제, 오늘, 내일을 생각하고 또 생각해 봤습니다. 단어 속 저는 여러 모습을 하고

있었습니다. 어린아이, 학생, 성인, 미소 짓는 모습, 환하게 웃는 모습, 슬픈 모습, 화난 모습 등 수없이 다른 모습을 하는 나와 매일 그렇게 대화하기 시작했어요.

이 글은 '나'와 대화하고 싶은 사람을 위한 것입니다. 많은 사람들이 '나'를 찾고 싶어 합니다. 저는 이 글을 쓰면서 지우고 싶었던 과거도 모두 나이고, 내가 겪은 일이라는 걸 받아들였습니다. 인정하는 순간 '나'를 찾은 것 같았습니다. 그래서 이 책의 '나'는 여러 모습을 하고 있어요.

외면한다고 사라지는 상처는 없습니다. 이 책을 쓰면서 저는 제 상처와 직면하는 작업을 했어요. 그게 저를 치유하는 작업이었어요. 그러니 당신도 필요하면 해보시길 바랍니다. 치유의 길을 경험해 보시길 저는 바라고 희망합니다. 제 이야기가 당신에게 도움이 되길, 제 글이 당신에게 희망이 될 수 있기를 바랍니다.

'나'를 찾았음을, 살아 있음을, 도전하고 있음을.

당신은 무엇을 증명하고 싶으세요?

2022년 7월

김미영

1부

감았던 눈

저는 눈을 감았습니다. 귀를 닫았습니다. 나를 외면했습니다.

나를 다그쳤습니다. 처음부터는 아니었습니다.

나도 분명 '나'였을 때가 있었는데 말이죠.

내가 잊고 있었던 '나'.

이 장은 '나'를 직면하는 첫 단추입니다.

✦

업그레이드

영어를 배우려고 무작정 캐나다로 향했다. IMF가 터진 해에 지방대를 졸업한 나에게 취업은 하늘의 별 따기 같았다. 이리저리 정처 없이 손에 잡히는 대로 아르바이트 식의 일을 하며, 내 인생에도 희망이라는 걸 찾고 싶었다. 내 삶에서도 안정이라는 걸 느끼고 싶었다. 그러나 큰 변화가 없는 한 내가 가질 수 있는 최고의 삶이란 어떤 평범한 남자와 결혼을 하는 것이었다. 그때는 가난한 일상에 찌들어 살다가 죽을 것만 같았다. 아니면 찌질한 내가 결혼도 한 번 못 해보고 여기저기를 떠돌다 객사라도 할 것 같았다. 더는 물러설 곳이 없다는 생각이 들던 20대의 어느 날, 나는 여러 방면으로 궁리해 보았다.

결론은 나를 업그레이드하기! 그 방법밖에 생각나지 않았다. 해결책은 두루두루 쓸모 있는 영어를 잘해보기. 그래서 영어를 배우기로 했다. 내 인생에 중대한 목표가 생겼다. '나를 업그레이드하기!' 일은 잘 진행되는 듯했다. 캐나다에서 영어를 배웠고, 음악경영 수업을 마치고, 좋은 기회로 꿈에 그리던 현지 음악저작권 협회에 취직했다. 몇 개월을 아등바등하며 시간을 보내니, 어느덧 회사 분위기에도 조금씩 익숙해졌다. 그러나 2년이 지나니 회사에 들어오기 전에 그렇게 꿈꿔왔던 일들이 지루해지기 시작했다.

내가 맡은 주 업무는 영화나 시리즈물에 사용된 음악을 찾아내고 작사자, 작곡가 등의 음악 저작권자를 찾아내고 전 세계에 있는 파트너 협회와 연락을 취하여 데이터를 공유하는 일이었다. 어떤 특별한 기술이 필요하지도 않은 것 같고, 매번 같은 업무의 반복인 것 같아 무료함이 찾아왔다. 빠르고 다이나믹하게 변화하는 음악 시장에 반해 매일 컴퓨터 앞에 앉아 반복적으로 자판을 두드리는 업무는 내 삶을 크게 성장시킬 수 없어 보였다. 오직 CEO와 변호사, 몇몇 핵심 인물들만이 상기되어, 급변하는 음악 시장에서 새로 할 일을 찾아내는 듯했다. 나는 어느 순간 흥미와 목표를 잃은 사람이 되어 허무해졌다.

'내가 이곳에서 더 어떤 발전을 할 수 있을까?'

사실 직장은 너무도 안정적이었다. 근무시간은 9 to 5(오전 9시부터 오후 5시)이거나, 심지어 아침에 일찍 시작하면 오후 4시 반에 퇴근해서 오후 시간부터는 자유를 즐길 수 있었다.

그러나 몬트리올 생활 7년 차가 되자 생기를 잃은 업무와 함께 그곳에서의 삶이 심드렁해졌다. 활력소를 찾지 못하고 있었다. 엎친 데 덮친 격으로 정기적으로 향수병도 찾아와 한국에 있는 친구와 밤새도록 전화 통화를 하며 울기도 했다. 그러면서 자연히 한국에서의 삶을 생각하는 시간이 늘어갔다.

남편도 한국에서의 삶을 내심 궁금해 하던 찰나여서 나는 한국행을 결심했다. 그는 디지털 마케팅 쪽의 직장을 이미 찾아내어 한국에 들어오자마자 출근을 하게 되었고 나는 한국에서의 첫 보금자리가 마련되자 본격적으로 이력서를 뿌렸다. 그러나 오랫동안 한국을 떠나 있었던 탓에 한국형 구직방법에 서툴렀고 나를 찾아주는 회사도 없었다. 나의 이력에 관심이 있어도 한국에서 30대 중반의 여성이 가져야 할 사회적 경험이 충족되지 않은 듯 최종적으로 입사까지 가는 것은 쉽지 않았다.

해외 생활을 하며 잊고 살았던 나이의 중요성을 깨닫는 순간이었다. 수시 채용제도가 대부분인 해외와는 달리 공채가 대부분인 한국회사들. 어떤 회사에서는 나의 혈액형을 가지고 압박 면접을 하기도 했다.

"혈액형이 B형이시네요. B형들은 조직 생활에 맞지 않던데요."

기가 막힌 면접들을 거친 끝에 나는 지인의 추천으로 외국인이 운영하는 회사에서 일을 하게 되었다.

결혼에서의 성공이란,

단순히 올바른 상대를 찾음으로써 오는 게 아니라

올바른 상대가 됨으로써 온다.

— 브리크너

✦

여자 그리고 남자

비블로스 르 쁘띠 카페Byblos Le Petit Café.

로리에Laurier와 파브르Fabre 거리의 모퉁이에 자리 잡고 있
는 페르시안 식당이다. 이 식당에서 여자는 우연치 않게 헤
어짐과 만남을 함께했다. 의도적이지는 않았다. 근처가 집
이고 식당의 맛과 분위기를 즐기기 위해 애용했을 뿐이다.
이국적인 아라비안 음악이 흘러나오면 여자는 캐나다에서
도 중동으로 가볍게 여행을 떠나곤 했다. 동화 〈알라딘의
램프〉에서처럼 지니가 멋지게 수놓은 양탄자를 타고 여자
앞에 짠!하고 나타나면 좋겠다는 상상도 했다. 분위기 못지
않게 이 식당의 음식도 훌륭했다. 사프란 향신료가 들어간
노오란 밥과 오랜 시간을 약한 불에서 견뎌낸 양고기는 입

에 들어가자마자 사르르 녹아내렸다.

　여자는 전통을 고수하지만 약간의 트렌드를 가미한 믹스mix 스타일을 좋아한다. 어딘지 모르게 숨이 트인다고나 할까? 그도 그럴 것이 이 페르시안 식당 내부는 중동에서 공수해온 그림과 장식품이 몬트리올 특유의 나무 인테리어와 잘 매치되어 있고 거리의 초록색 가로수와도 자연스레 조화를 이루었다. 위치도 정확히 길모퉁이라 식당의 두 면에 있는 커다란 창문을 열어두면 여름엔 시원한 초록색 바람도 만끽할 수 있었다. 아부다비에서 온 지인들도 이곳의 맛과 분위기가 좋다며 자주 와서 식사를 하곤 했다. 이란식 메인 음식도 맛있었지만, 유럽 스타일의 크루아상과 커피 같은 아침메뉴도 제공하고 있어 이것저것 골라 먹는 재미도 있었다. 그리고 이곳에서 절대로 빠지지 않고 경험해야 할 것이 바로 '이란식 차 마시기'이다.

　안타깝게도 여자는 이렇게 좋은 곳에서 전에 사귀던 남자와 밥을 먹으며 마지막을 생각했다. 이것 또한 의도적인 건 아니었지만 그렇게 되어 버렸다. 삶이 모두 여자의 뜻대로 흘러가지는 않았다. 여자는 이후 이곳에서 그 남자와의 만남을 가졌다. 이것 또한 의도한 것이 아니었다.

19

여자는 비어있는 찻잔에 차를 따르려 주전자로 손을 뻗었다. 하얀 본차이나 주전자에는 차가 얼마가 남아있는지 보이지 않는다. 차가 나올 때까지 한껏 기울이던 찰나 주전자 뚜껑이 분리되어 바닥으로 미끄러졌다. 땡그랑! 꽤 큰 소리에 여자가 깜짝 놀란다.

공교롭게도 음악도 때맞춰 멈췄다. 소란스럽던 식당에 순간 정적이 흐르고 무언가 깨지는 듯한 소리에 사람들의 시선이 순간 한곳으로 향했다.

'여자. 동양 여자. 중국 여자인가? 일본인인가?'

여자의 출신지를 캐내려는 듯 눈들이 그녀를 뚫어지게 쳐다본다.

당황한 여자가 어쩔 줄 몰라 하자 옆 테이블에 앉아있던 남자가 주전자 뚜껑을 바닥에서 집어들며 여유롭게 웃는다.

"That's OK, not a big deal! Look, it's not even broken!"

"괜찮아요. 아무 일도 아니에요. 보세요. 깨지도도 않았잖아요."

20대 초반 모범생처럼 생긴 남자이다. 다시 음악이 흘렀고, 사람들은 각자의 대화 속으로 돌아갔다. 남자와 여자는 그날 그렇게 이야기를 시작했다. 친구가 되었을 뿐이다.

어느 날 남자가 말했다.

"당신과 나는 프렌즈Friends에 나오는 조이Joey와 레이첼Rachel같아. 그 장면 기억나? 조이가 레이첼에게 고백을 하는데, 레이첼이 황당해 하잖아? 지금 당신 얼굴이 딱 그래. 당신은 나에게 아무 관심이 없는데 나 혼자 북 치고 장구 치고 있어."

"What? 도대체 무슨 말을 하는지 모르겠어."

남자의 고백에 정말 프렌즈의 레이첼이 느꼈던 것처럼 참 뜻밖이었지만 여자는 남자의 애정 공세에 조금씩 마음을 열었다.

'남녀 관계는 정말 예측할 수 없는 건가? 내가 저 사람과 이어질지 상상이나 했겠어?'

여자는 남자와의 관계를 신중히 생각했다. 그럴수록 남자는 여자를 잘 설득하는 능력이 있었다. 둘은 캐나다에서, 영국에서, 프랑스에서 만남을 이어갔다. 남자는 캐나다에 있었고, 프랑스로 떠났고 캐나다로 돌아왔다. 그리고 둘은 결혼을 하기로 했다. 여자가 남자를 만난 지 7년 만에, 한집에서 생활한 지 4년 만이다.

결혼을 결심하기 전 여자는 한국에 있는 가족에게 남자

를 선보이고 싶었다. 사귄 지 얼마 되지 않는 시점이었다. 여자는 캐나다에서, 남자는 프랑스에서 같은 날 다른 비행기를 타고 같은 시간에 인천 공항에 도착했다. 여자의 엄마는 남자가 파란 눈의 거인이 아니어서 마음에 든다고 했다.

'그건 도대체 무슨 소리인지….'

엄마의 의견이 절대적으로 중요하지는 않았지만 마음에 드신다니 그래도 다행이라는 생각을 했다.

그런데 결혼을 결심한 그때 여자가 간과한 것이 있다. 성숙하지 못한 자신을 알아보지 못한 것. 서른이 넘었으니 결혼을 해야 할 것 같은 사회적 압박의 한계를 넘지 못했던 것. 결혼이 무엇인지, 서로를 존중하는 것이 무엇인지, 상대를 진심으로 배려하는 방법은 무엇인지, 그 무엇보다도 여자 자신이 스스로를 사랑하는 것이 무엇인지 알지 못했다. 미성숙한 사람이 편견으로 가득 차 스스로를 가둔 채, 타인과 결혼이라는 것을 한다고 결심한 것. 잘못된 결정이었다. 남자와 결혼하겠다라는 결정이 아니라 '결혼'을 하겠다고 마음먹은 것이.

양가 어른들과 친구들은 싸우지 말고 행복하게 잘 살라고 했다. 그게 무슨 말인지 표면적으로 들렸을 뿐, 실제로 서로를 지켜주는 법이라든가, 서로가 죽도록 싫어질 때의 대처법 등을 알지 못했다. 아무도 알려주지 않았고 알려고 하지도 않았다.

✦

뚜르 Tours

"Bonjour Maman, Ça va? C'est M."

"안녕, 엄마. 이 쪽은 M이야."

"Bonjour!"

"Bonjour, M!"

N이 자리에서 일어나더니 그녀의 왼쪽과 오른쪽 볼을 번갈아가며 볼키스를 했다. 나도 자리에서 일어나 그녀의 왼쪽 볼과 오른쪽 볼을 맞대며 처음으로 인사를 했다.

파리에서 며칠을 보내고 N과 투르 Tours행 떼제베 TGV를 탔다. 그의 부모님과 크리스마스를 함께 보내기로 했다.

'어떤 분들일까? 어머니 얘기를 많이 하지는 않았지만 부모님을 많이 존경하는 것 같던데…. 특히 아버지를.'

N은 아버지가 이집트에서 원자력 발전소를 건설하셨다며 건물 이미지가 새겨진 크리스탈 기념품을 가끔 보여주었다. 그의 아버지는 이집트에서의 임무를 마지막으로 은퇴를 하시고 어머니와 함께 파리에서 300킬로미터 가까이 떨어져 있는 시골에서 사신다고 했다. 나는 그들과의 만남이 은근히 기대되었다.

투르역 내부는 겨울이어서 그런지 다분히 선선했다. N과 대합실 가운데 자리를 잡고 잠시 기다리자 오가는 사람들 사이로 한 여성이 우리를 향해 걸어왔다. 곱슬기가 조금 있는 짧은 밤회색 커트 머리. 머리색과 같은 밤회색 코트와 모직 목도리를 하고 있었다. 무릎까지 내려온 코트의 끝자락이 걸음을 옮길 때마다 가볍게 펄럭거렸다. 그녀는 경쾌한 걸음으로 다가오며 끼고 있던 갈색 가죽장갑을 벗어 왼손으로 살며시 옮겨 쥐었다. N의 어머니였다. 미소를 짓고 있는 입술 사이로 하얀색 치아가 살짝 보였다. 세련되고 따듯한 그리고 약간 상기된 듯한 인상이었다.

"만나서 반갑구나! 여행은 어땠니?"

"네, 괜찮았어요. 처음 뵙겠습니다. 만나 뵙게 되어 저도 반갑습니다!"

처음 보았지만 나는 왠지 그녀가 그리 낯설지 않았다. 우리는 간단하게 인사를 하고 그녀를 따라 주차장으로 갔다. 역에서 집까지 50분 정도 걸린다고 했다.

"차 바꿨어?"

N이 물었다.

"응 그래, 차 딜러가 보여주자마자 이걸로 사겠다고 말했어. 터보 버튼도 있고, 기어도 6단까지 있어. 속도 조절도 빨리 할 수 있단다. 어때 멋지지?"

차 안에서 그들이 대화를 이어갔다. 엄마가 차를 새로 바꾼 모양이다. 그들은 한참을 새로 산 차에 대해 이야기를 나눴다. 엄마와 아들의 대화치고는 많이 생소하다는 생각이 들긴 했지만 흥미롭기도 했다. 일본 혼다사에서 새로 나왔다는 그 차는 실제로 내·외부 디자인이 세련되고 멋져 보였다. 기어가 6단까지 있고 터보기능이 장착된 차인데 마치 작은 우주선을 탄 느낌이었다. 시내에서 외곽으로 빠지자 그녀는 보란 듯이 기어를 재빠르게 바꾸어 속도를 높였다. 그 차도 연한 밤색깔이었다. 속으로 생각했다.

'어머니가 밤색을 좋아하시나? 차도 그렇고, 외모 스타일도 그렇고 참 세련된 분이시네. 우리 엄마랑 나이 차이가

얼마나 날까? 많이 다르네….'

　나의 엄마보다 8살 아래의 그녀는 많이 달라 보였다. 운전을 할 수 있는 것도 그렇지만, 트렌드에 앞서는 것이 젊은 사람 못지 않은 듯했다. 아니 오히려 젊은이들보다 더 많은 것에서 앞서갈지도 모른다는 생각이 들었다. 바로 그 새로 나왔다는 최신 모델의 차를 타는 것처럼….

　프랑스의 지방도로는 국도답게 굽어있고 오르막과 내리막이 있기도 했지만 때로는 고속도로처럼 평평하고 직선으로 뻗어있기도 했다. 그녀는 직선 구간이 나타나면 기다렸다는 듯이 기어를 올리거나 터보 버튼을 눌렀다.

　"부우웅~"

　시속 90킬로미터로 달리던 차가 단 2~3초의 간격을 두고 100, 110, 120, 130 킬로미터로 올라갔고, 나는 마치 등이 세게 떠밀린 것마냥 몸이 앞으로 밀쳐졌다. 부드럽고 세련된 외모 속에 왠지 모를 강인함이 느껴졌다.

　양옆으로 숲이 우거진 도로를 지나자 사방이 확 트이고 끝없이 펼쳐진 언덕이 눈에 들어왔다.

　"저게 뭐야?"

　언덕에는 허리까지 오는 나무들이 일렬로 가지런히 줄

을 맞춰 서있었다. 어릴 적 학교 조회시간에 전교생이 운동
장에서 나란히나란히 열 맞춰 서있듯 매우 질서있는 모습
이다.

"응, 포도나무야. 여긴 와인으로도 유명한 지역이거든.
겨울이라 포도수확도 끝났고, 잎이 떨어져서 가지만 남았
지."

N이 대답했다.

"저건 뭐지?" 언덕 너머로 오래되고 운치 있는 건물이 눈
에 들어왔다.

"성이야, 지나다 보면 여기저기 저런 성들이 보일거야,
이 지역에 성이 3000개는 될 거야."

그는 그 지역이 프랑스에서 가장 긴 루아르Loire강을 따
라 여러 종의 와인이 생산되는 곳이며, 과거 왕과 귀족들이
지내던 크고 작은 성들이 있는 곳이라며 이것저것을 가리
켜 친절히 설명해 주었다. 우리는 포도나무 언덕을 지나 숲
처럼 울창한 가로수길로 들어섰다. 그때 나무들 사이로 꽤
나 큰 한 건물이 눈에 들어왔다.

"저것도 성이라는 거지?"

크림색 벽에 뾰족한 검회색 첨탑모양으로 장식된 건물

을 손짓하며 내가 말했다.

"응, 아제이 르 리도Azay-le Rideau라는 유명한 성이야. 내일이나 모레, 저기 같이 구경 가자. 입구가 저렇게 작아보여도 꽤 큰 성이야. 물로 둘러싸여 있고, 정원도 예쁘지"

N이 기분 좋게 제안했다.

성을 지나 신호등이 보이면서 집들이 하나둘씩 보이기 시작했다. 마을 입구이다. 대형마트의 위치를 알리는 광고판이 보이고, 장거리 트럭 운전사들을 위해 조식을 파는 식당, 로컬 베이커리, 호텔, 약국 등이 하나둘씩 보였다.

몇 채의 집을 거쳐 드디어 도착한 곳.

N의 부모님이 은퇴 후 할머니와 함께 살고 계시는 집이다. 자동장치로 연결된 하얀 대문이 열리자 하얀 자갈로 덮인 앞마당과 함께 집의 전경이 한눈에 들어왔다. 크림색 돌벽에 검회색의 지붕을 한 집이 바로 전에 본 성의 모습과 꽤 닮아있다. 집은 몇백 년 이상의 오랜 역사를 가지고 있는 과거 귀족이 살던 성의 일부분이라고 했다. 건물은 옆집과 담을 같이하여 한 덩어리로 길게 뻗어있고 이제는 차 두 대가 겨우 지나갈 공간을 남겨 두고 길 건너의 성과 분리되어 있었다. 공중에서 찍어놓은 옛날 사진을 보니 본채와 하

나로 연결되어있는 모습이 꽤 웅장해 보였다. N의 부모님에 의하면 성은 이제 돈 많은 미국인의 소유가 되었고 내부와 외부가 리모델링되어 장식도 잘 되어 있다고 한다.

"Bonjour!"

차에서 내리자 집에서 기다리던 N의 아버지가 인자하게 웃으며 나를 반겨주었다.

그때는 몰랐다. 내가 투르를 그렇게나 자주 방문하게 될지를….

◆

결혼식

"마망Maman(프랑스어로 엄마라는 뜻), 이쪽으로 오세요, 그
쪽이 아니에요."

호칭을 어떻게 해야 할지 몰라 나의 상식이 나오는 대로
말했다(프랑스에서 처음 만났을 때는 어색해서 호칭을 부르지 않
았다). N의 엄마이긴 하나 나의 정서상, 엄마처럼 나이가 있
는 그녀에게 이름을 부를 수는 없었다.

"뭐? 당신 지금 뭐라고 말했어? 엄마라니? 내 엄마지 당
신 엄마가 아니잖아!"

"……."

"C'est bon! C'est très bien ! J'aime bien comme ça."
"괜찮아, 아주 좋은데 왜? 난 정말 좋아!"

N이 놀라서 한마디 했고, 마망이 괜찮다고 또 한마디 했다. M이 그녀의 이름을 막 부를 수 없었던 건 나름 예의를 지키고 싶어서였는데, N에게는 꽤나 충격적인 호칭이었나 보다. M은 N과의 문화 차이를 느꼈다.

마망은 따듯한 사람이었다. 은퇴를 하고도 남편이 전 직장에서 의뢰가 들어와 해외출장으로 몇 주간 집을 비우게 되면 홀로 아들이 있는 곳으로 날아왔다.

투르에서의 첫 번째 만남에 이어, 몬트리올에서의 만남도 순조로웠다. 사람을 알아가기 위해선 많이 만나보아야 한다는 지론이 있는데 만날수록 참 좋은 분이라는 생각을 했다.

M과 N은 한국에서 결혼식을 하기로 했다. 한국에 있는 가족들, 친지들, 지인들은 서울로 오고 다른 사람들(결혼당사자들, N의 가족들)과 친구들이 멀리서 와야 했다. 조금 번거로웠지만 프랑스보다는 한국에서 하자는 결론을 내렸고 M은 한국에 있는 호텔과 그녀의 가족, N의 가족과 조율하며 일을 진행하고 있었다. 계약금을 지불하고, 마지막 식사 스타일만 조율하면 되었다. 그때, N의 가족이 취소를 원했다. 두 시간 반동안'만' 허락된 결혼식이 무리라는 것이다.

그 '짧은' 시간 안에 결혼식 메인행사와 식사를 하고 끝내야 한다는 걸 이해할 수 없다는 입장이다. 그도 그럴 것이 프랑스인들에게는 비즈니스든, 개인적인 일이든, 공공행사이든 간에 여유 있는 식사는 삶에서 매우 중요한 부분이다. 특히나 파파(아버님)에게는 이 특별한 날에 원하는 샴페인과 와인을 따로 가지고 갈 수 없다는 것이 이해되지 않았다. 그런 그들도 이해가 되고, 호텔 측의 입장도 이해가 되었다. 우리는 안타깝지만 상의 끝에 오랫동안 계획한 한국에서의 전통 결혼식을 그렇게 취소했다. 먼 곳에서 모두를 만족케 하는 결혼식을 준비하는 일은 쉽지 않은 것이었다.

그래서 M과 N은 살고 있는 캐나다에서 하기로 했다. 최대한 간단하게 친한 친구들 몇몇과 함께…. 법적 효력을 지닌 결혼식을 하려면 종교적이든 아니든 퀘벡 주정부가 정한 곳에서 증인을 대동하고 치르면 된다. N은 가능한 한 빠른 날짜로 여러 곳을 알아보았다. 성당에는 금방 자리가 나지 않았거니와, 프랑스의 많은 사람들이 그렇듯 그는 세례를 받았지만 독실한 크리스천이 아니었다. 꼭 성당이 아니어도 괜찮았다. 비종교적인 결혼식은 시청에서 담당하고 있었다. 마침 5월의 마지막 날이 비어 날짜를 예약했다. M

은 N이 자랑스러웠다. 사랑하는 사람과 자신의 결혼을 주체적으로 결정하는 모습이 얼마나 믿음직스럽고 낭만적인가? M은 N과 단둘이 그리고 몇몇의 친한 친구들과 하는 그런 소소하고 풋풋한 결혼식이 마음에 들었다. 마치 그들만의 결혼식 같았고 M이 늘 꿈꿔왔던 그런 낭만적인 결혼식이 될 것만 같았다.

그래도 양가 가족에게 소식은 알려야 하므로 M은 한국에 있는 가족에게, N은 프랑스에 있는 마망과 파파에게 전화를 했다.

"뭐라고? 결혼날짜를 잡았다고? 그게 언제니? 내 첫째 아들의 결혼식을 놓칠 순 없지!"

마망이 소식을 듣자마자 비행기표를 끊고 와인에 샴페인에 여러 식재료를 싸서 몬트리올로 날아왔다. 파파도 물론 함께였다. 의외였지만 이해도 되었다. 반면 더 먼 곳에 있는 나의 가족은 그저 잘 하라고 응원의 메시지를 보내주었다.

결혼식은 오전에 시청에서 하고, 점심은 근처 호텔에서, 오후에는 각자의 집에서 휴식을 취했다가 저녁에 M과 N의 집에서 애프터 파티를 하는 스케줄이었다. 저녁 파티를 위한 음식과 음료는 케이터링으로 하려 했다.

그러나 미식가인 마망과 파파에게는 좀 더 좋은 생각이 있었다. 바로 직접 준비하는 것. 준비해온 식재료를 보태어 전날까지 모두 함께(M과 N, 마망과 파파)음식을 준비하고, 파티를 위해 풍선도 달고 분위기를 내었다.

문제는 바로 그때 벌어졌다. 음식 준비로 모두가 바쁠 때 갑자기 마망이 화를 내며 말했다.

"어떻게 이럴 수 있어? 집에서는 손도 안 대면서! 내가 요리할 때는 부엌에 들어오지도 않으면서 여기서는 어떻게 이렇게 열심히 도와줄 수 있어?"

순간 정적이 흘렀다. 모두들 놀랐다. 눈을 치켜뜨며 거친 콧바람을 내뿜는 그녀를 바로 쳐다보는 사람은 아무도 없었다. 그런 마망의 모습을 M은 처음 본다. 따듯하고 자상하기만 할 줄 알았던 그녀가 파파에게 내뱉는 말이 왠지 M을 향하는 듯했다. 그도 그럴 것이 파파가 그날따라 특히 M에게 친절하게 대하며 이것저것을 도와주었기 때문이다. 마망의 말에 파파는 하던 일을 멈추고 거실로 사라졌고, M과 N은 침묵했다. 결혼식 전날이었다. 결혼식은 잘 치러졌다. 모두가 전날 있었던 일을 잊어버린 척했다.

마망과 파파가 한국을 처음으로 방문했다. 남편과 내가
한국으로 들어온 지 몇 개월 만이다. 우리가 살고 있는 서
울과 나의 본가가 있는 강원도도 방문하며 나의 가족들과
도 만남을 가졌다. 그런데 식사 자리에서 예고 없이 마망이
말을 꺼낸다.

"이번 여름에 프랑스에서 리셉션을 해야겠어요!"

"……."

처음 듣는 말에 모두 서로를 쳐다보며 방금 무슨 말을 들
었냐는 표정이다. 남편을 쳐다봤다. 모른다는 표정이다.

"캐나다에서 결혼식을 했지만 너무 속성이었어요. 프랑
스에 있는 가족들과 친구들도 보고 싶어 하니까 오래 끌 것
없이 이번 여름에 합시다! 준비는 우리가 다 하겠습니다.
오시기만 하세요!"

나의 본가에는 엄마보다 오빠가 이럴 때 집안 어른 노릇
을 한다.

"아 네, 그러시다면 저희도 갈 수 있는지 한번 의논해 보
겠습니다."

큰오빠가 대표로 대답했다.

"네, 오실 수 있으면 꼭 오시길 바랍니다. 캐나다에서 했

지만 프랑스에서도 한번 하는 것이 좋을 것 같습니다."

파파가 마망의 발언에 이어 한마디 덧붙인다. 어리둥절했다. 사전에 의논도 하지 않고 본인의 말을 이어가는 마망이 의아했다. 남편을 쳐다봤다. 남편도 뭐라 할 말이 없는지 그냥 침묵하고 있다. 나는 그런 상황이 이해되지 않았다.

"N, 마망이 왜 그런 말을 하는 거야? 우리의 의견을 먼저 물어봐야 하는 거 아니야? 나는 할 의사가 없는데 왜 그래? 나는 지금 하고 싶지 않다고."

캐나다에서의 결혼식, 프랑스에서의 리셉션. 모두 우리의 일이었지만 이상하게도 모든 것이 마망의 주도 하에 이루어지고 있었다. 남편은 결국 아무 말이 없었다. 우리 모두는 마망의 의견대로 그해 여름 프랑스에서 리셉션을 했다. 우리 가족도 모두 프랑스로 날아갔다.

◆

어금니

"퍽!"

초등학교 저학년 때였다. 늦은 밤, 큰오빠는 반쯤 베어 먹은 사과를 방바닥으로 있는 힘껏 내동댕이쳤다. 둔탁한 소리를 내고 쪼개진 사과의 과육이 사방으로 터져 나갔고, 끈적끈적한 과즙이 하얀 벽지에, 분홍 이불에 묻었다. 오빠는 씩씩거리며 숨을 거칠게 쉬었다.

작은오빠는 깜깜한 밖으로 뛰쳐나가 동네 아이가 빠져 죽은 포강 쪽으로 빠르게 걸어갔다.

그리고 나는 떼굴떼굴 굴렀다. 소리치며 눈물을 짜내며 악을 쓰며 울어댔다.

"이가 너무 아파! 내 어금니!"

얼굴을 찌푸리고 인상을 최대한 쓰며, 소리를 질러댔다. 부모는 늘 싸워댔다. 개새끼, 씨팔새끼, 종자 등등 험악한 욕이 제멋대로 엄마의 입 밖으로 튀어나왔다. 시끄러웠다. 귀가 따가웠다. 부모의 싸움을 멈추고 싶었다.

나의 연기에 속아 넘어간 부모가 싸움을 멈추고 나를 쳐다봤다. 나는 더 세게 울어 재꼈다. 아버지가 갑자기 나를 업고 뛰었다. 바로 위, 두 살 터울의 언니는 손전등을 들고 뒤를 따랐다. 아버지의 등에 업혀 가는 내내 아프다고 소리를 질러댔다. 그래야 했다. 그래야 다시 싸움이 시작되지 않으므로….

10여 분을 달려 도착한 곳에는 은은한 호롱 불빛이 방안을 따듯하게 감싸고 있었다. 나이 지긋한 어르신이 내 어금니를 흔들어대더니 빼자고 했다. 아버지는 동의했고, 마취약이 들어오자 몽롱해진 잇몸에서 나의 소중한 어금니가 쏘옥하고 순식간에 빠져나갔다. 기분이 묘했다. 마취약 때문인지 더 이상 이도 잇몸도 아프지 않은 듯했다. 썩지도 않은 내 어금니는 작고 길고 튼튼해 보였다. 그 새하얀 어금니를 들고서 아버지가 말했다.

"김 씨 식구를 닮아 우리 M도 어금니 뿌리가 깊구나!"

아버지는 더 이상 울지 않는 나를 바라보며, 안심시키기라도 하는 듯 따뜻한 목소리로 말했다.

"내 어금니가 누구를 닮았든 이 상황에서 그게 무슨 말도 안 되는 소리예요? 지금 내 쌩 어금니가 당신들 때문에 뽑혀 나갔는데!"

아마도 지금의 나라면 그렇게 소리쳤을 것이다. 나는 아무 말도 못했고 나의 어금니는 부모의 싸움을 중단하는 책무를 다하고 명예롭게 전사했다. 많이 억울했을 것이다. 뿌리가 깊었던 나의 예쁜 어금니! 잔인하게 뽑혀 나간 그는 나에게 두고두고 보복하려는 듯했다. 빠져나간 빈자리에는 새 어금니가 나지 않았고, 옆 치아들이 쏠리면서 고르게 났던 이가 비뚤어지기 시작했다. 급기야 이십 대가 되자 턱이 어긋나고 부정교합이 일어났다.

"M, 너 옛날에 잘 웃지 않았어? 언제부터인가 웃는 걸 못 보겠어."

작은 언니가 말했다.

"어, 웃으면 이상해 보여서. 왼쪽 어금니 하나가 없거든. 부정교합 때문에 웃으면 입이 비뚤어져 이상해."

"M, 무슨 일 있니?"

언니들이, 친구들이 걱정스러운 눈초리로 보기 시작했다. 무언가 할 말이 있는 것 같은데, 끝끝내 하던 말을 못하고 그만둔다. 부정적인 느낌이라는 것이 있지만 나는 애써 외면해버린다.

"부정교합이면 발음도 명확히 되지 않고, 환한 미소를 짓기 어렵습니다."

TV 건강 프로그램에 초대된 한 치과의사의 말이다.

'나의 경우군…. 결국 치아교정에 양악수술을 해야 하는 건가?'

내가 잘 웃지 않는 것은 비뚤어진 치아와 부정교합 때문이라고 치부했다.

그는 나의 활기찬 모습을 싫어하는 듯했다. 사람들 사이에서 깔깔깔 웃어대거나 아침에 즐거운 마음이 들어 콧노래를 부르면 불쾌하다는 표정을 짓기도 했고 실제로 화를 내기도 했다.

"C'est pas possible! Je peux même pas dormir le weekend!"

"정말! 주말에 잠도 못자겠네!"

그를 만나기 전, 나는 그래도 잘 웃는 편이었다. 실없이 배꼽이 빠지게 웃기도 하고 너무 웃어 눈물까지 흘리기도 했다. 쾌활하게 웃는 일은 나에게 꽤 쉬운 일이었다.

　그런 나의 웃음에 제동이 걸리기 시작했다. 교양 없는 여자로 보였을까? 그에게 나는 최대한 온화한 웃음을 짓거나, 침묵하는 편이 나았다. 더 나아가 차라리 기분이 다운된 표정을 지으면 남자의 얼굴에는 오히려 미소가 스치기도 했다. 그래서 감정 없는 얼굴을 보이기 시작했다. 나의 무표정한 얼굴이 우리에게는 성공적인 평화를 가져오는 것 같았다. 나는 상황을 보아가며 가끔 웃을 수 있었다. 코미디 영화를 함께 볼 때나, 그의 기분이 괜찮아 보일 때…. 어느 날부터 사진 속 일그러진 내 얼굴을 발견했다. 그때부터 괜히 혼자서 중얼거렸다.

　"얼굴이 왜 이렇게 우울해 보여. 그래, 내 어금니! 그때 그 어금니를 빼지 말았어야 했어. 다 그때 그일 때문이야!"

　부모를 원망했다.

침묵

나에게 침묵은
최대한 나를 보호할 수 있는 장치이다
어떤 이는 비겁하다 할 수 있다
그들의 말이 맞다
난 비겁하다
그러나 비겁하더라도 나는 나를 보호하고 싶다
오로지 나만이 나를 보호할 수 있으므로
차라리 침묵하기로 했다

— 벨플러

✦

침묵

말을 하고 싶다. 그러나 목소리가 잘 나오지 않는다. 말을 해도 무슨 말을 하는지 말하는 나도 잘 들리지 않는다. 아주 오래되었다. 기운이 딸려 발음이 잘 되지 않는다. 내가 하는 말을 사람들이 알아듣지 못한다. 무슨 말을 하고 싶은지 말하는 나도 잘 모르겠다. 그러다가 차라리 말이 하기 싫어진다. 그러는 여자를 사람들이 쳐다본다. 여자에게 무슨 말을 하고 싶어도 하지 못한다. 말하기가 께름칙한 건지 무슨 말을 해야 할지 모르는 건지 그냥 아무 말도 안한다. 여자는 목소리에 공기가 많아졌다. 발음이 정확하지 않다. 평소에 프랑스어로 말을 해서 한국어 발음이 어색해졌다. 많이 어색하다. 뇌가 한국어보다는 프랑스어에 익숙해졌다. 발음도 어색하고 한국어로 말을 하다가 말이 뚝뚝 끊길 때도 많았다. 그러다가 한국어든, 영어든, 프랑스어든 모든 언어가 끊어지는 것 같았다. 침묵하는 버릇이 생겼다.

사실 침묵하는 습관은 오래 전부터 있었다. 어릴적 집에서 말을 하지 않았다. 무언가 궁금할 때, 허락을 받을 때만 질문을 했던 모습이 기억날 뿐 거의 말을 하지 않고 살았다. 미친 듯이 소리를 꽥꽥 질러대는 엄마가 두려웠다. 괜히 물어보지 않고 함부로 행동했다가는 언제 어디서 엄마의 벼락같은 목소리를 들을지 모른다. 그러니 애초에 잘 모르겠으면 먼저 엄마의 기분을 살핀 후 물어볼지 말지를 결정한다. 엄마의 기분이 좋지 않으면 말조차 하지 않는 것이 편하다. 그래서 자주 입을 다물고 살았다.

학교를 다니며 친구들과의 관계에서 실수로 말을 잘못한 일이 있었다. 친한 친구와의 사이를 질투하는 동네 친구의 질문에 순간을 모면할 생각으로 진심이 아닌 말을 했다. 그 말이 돌고 돌아 친한 친구의 귀에 조금 변형이 되어 들어간 모양이다. 영문도 모르고 그 후 친구와의 관계가 소원해졌다. 몇 년 후 많은 친구들이 나에게 말했다.

"우린 그때 그 말을 듣고 너를 못된 아이로 봤지 뭐야?"

동네친구가 퍼뜨린 말을 듣고 나를 오해하고 있었다. 나도 모르게 몇 년간 은따(은근한 왕따)를 당하고 있었나 보다.

중학교 때 또 한 번의 말실수를 했다. 들리는 말을 내가 각색했다. 불량스러워 보이는 반 친구의 행동을 유추해서 말을 했는데, 그 말에 날개가 달려 그 친구와 그녀의 그룹에 전해졌다. 어느 날 교실 밖으로 불려 나가 그들에게 동그랗게 둘러싸여 생명의 위협을 느꼈다. 내 탓이다. 그 후로 또 입을 다물고 살았다. 이젠 차라리 입을 다물고 사는 게 편하게 느껴졌다. 그게 생존의 방법이었다.

잘 지내던 사람과도 어쩌다 불편한 관계가 되면 입을 다물고 존재를 감추는 것으로 나를 보호해 왔다. 그게 나에겐 최선이었다. 물론 가끔은 목소리 크게 싸운 적도 있다. 아주 드문 일이다. 그러나 언제나 침묵이 가장 편했다.

남자와는 말을 잘했다. 영화이야기, 음식이야기, 음악이야기, 서로 다른 문화이야기, 사람이야기, 살아가는 이야기 등등. 우리는 함께 영화를 봤고, 좋아하는 음식과 음악도 비슷하므로 함께 즐겼으며, 이런저런 문화적, 사회적, 정치적 이야기를 하는 것도 재미있어 했다. 사람들 이야기도 살아가는 이야기도 함께하니 그렇게 좋을 수가 없었다. 말이 잘 통했다. 한동안.

하지만 어느 순간부터 남자와도 말을 하지 않기 시작했다. 감정 쓰레기통이 되기 싫었나보다. 듣기 싫어서 귀를 닫으니 말도 나오지 않았다. 그리고 차라리 그편이 편해지기 시작했다. 여자는 힘들었다. 그러나 힘들다 말하면 안 되는 것이었다. 룰에 어긋난다. 그나마 힘을 내서 말을 시작하면 끝을 내지 못하고, 목소리는 개미처럼 작아졌다. 말할 흥미를 잃어버렸다. 말의 생기는 말할 나위도 없다. 여자조차 하는 말이 들리지도 않고 무슨 말을 하려는지 알 길이 없다. 어차피 말을 해도 들어 줄 사람이 아니다.

룰을 따라야 한다. 그 룰이란 약한 모습을 보이면 안 되는 것인데 약해진 여자가 무슨 말을 더 할 수 있을까? 할 말이 없다. 말하는 게 재미없어졌다. 억지로 말을 꺼내봤자 끝없이 뱅뱅 겉도는 말을 더 이상 하기를 원하지 않는다. 말을 해 봤자 들어줄 상대가 없으니 말할 이유가 없다. 그래서 입을 닫기로 했다. 침묵을 선택했다.

✦

연어

    정기적으로 구토를 했다. 캐나다에서는 학업과 일로 쉴 새 없이 바쁜 일상을 보내느라 끼니를 제때 챙겨 먹지 못하였다. 시간이 날 때는 가장 간단히 요리해서 먹을 수 있는 파스타나, 그것마저도 귀찮으면 길 건너 징Zying에서 파는 중국식 새우 볶음면을 자주 먹었다. 감칠맛이 나는 것이 매번 먹어도 매번 맛있었다. 하얗고 부드러운 면과 MSG의 마력을 뿌리치기가 쉽지 않았다.

    한국에 돌아와서는 정기적으로 일어나는 구토의 빈도가 많이 줄었다는 걸 깨달았다. 같은 기간에 세 번 정도 일어날 구토가 이제 한 번으로 주는 식이다. 다행이긴 한데 이유가 궁금했다. 먹는 걸 살펴보니 밀가루가 문제였다. 한국에서는 밥을 먹는 횟수가 많았던 것.

때마침 건강에 적신호가 오고 구토의 원인을 파악하면서 식생활 패턴을 바꿨다. 처음에는 면 대신 밥. 아니 되도록 잡곡밥을 먹었다. 면과 스낵이 필요하면 글루텐 프리 제품으로 대체했고, 화학 성분을 사용하지 않은 무농약 오가닉 식재료를 사기 시작했다. 가공제품은 되도록 사지 않게 되었고 부득이하게 사게 될 경우에는 팜유가 들어있는지 올리브유가 들어있는지 상세 재료란을 꼼꼼히 살펴보고 따져 보았다. 카놀라유와 콩을 기반으로 한 제품은 GMO(유전자변형식품)일 가능성이 높으니 되도록이면 먹지 않는다. 남편도 위장이 민감하므로 체질테스트 결과에 맞게 몸에 맞는 재료와 요리법을 이용했다.

나의 경우엔 임신에 적합한 몸을 만들기 위해 단백질 섭취도 잊지 않는다. 고기와 생선도 최대한 자연산으로. 연어의 경우 꼭 자연산이 좋지는 않다고 한다. 실험결과를 신뢰하므로 쉽게 접할 수 있는 노르웨이산으로 먹기로 했다. 모두 즐기기 위한 먹거리라기보다는 건강을 위한 먹거리이다. 몸이 건강으로 보답해 줄 거라는 믿음으로 먹었다. 깐깐하게 선택하는 것 같아도 맛있게 요리해 먹으면 되었으니 괜찮긴 했다. 그러나 어느 정도의 인내가 필요했던 건 사실이다. 가령 잘 정제된 새하얀 밀가루로 만든 면이 거친 통밀가루로 만든 면보다 부드럽고 맛도 있으니 말이다.

먹거리에 관한한 꽤 오랫동안 이렇게 나름의 룰을 가지고 살았다. 상하이에는 더더욱 그랬다. 신선 제품은 가능한 한 오가닉 상품으로 살 것. 해당 카테고리로 들어가 평소 사는 채소, 과일을 장바구니에 담는다. 브로콜리, 당근, 버섯, 토마토, 그린빈, 오이, 아보카도, 파프리카 등등. 이곳에서는 필즈Fields나 이퍼마켓epermarket 앱을 통한 온라인 장보기가 익숙하다. 리스트를 점검하며 클릭한다. 에비앙 1.5리터 여섯들이 두 묶음, 네슬레 증류수 1.5리터 여섯들이 두 묶음. 미네랄 워터만 매번 마시면 결석이 생길 수 있으므로 증류수와 함께 번갈아가며 마시는 걸 잊지 않는다. 외지에서는 사람에게나 동물에게나 물은 늘 민감하고 중요하다. 항상 수입제품을 이용한다. 달걀, 요거트, 과일.

'모두 확실히 오가닉이지?'

쇼핑 중간중간 체크하는 걸 잊지 않는다. 민감하다.

'또 빠진 게 없나? 아! 고기와 생선을 잊어버렸네!'

고기는 감동의 퀄러티를 약속한다는 스위스부쉐리Swissbutchery(불어식 발음)의 온라인 사이트를 따로 이용한다. 스위스인이 차린 곳이라 왠지 신뢰가 간다. 치즈도 스위스산 에멘탈, 프랑스산 까망베르, 로크포르(블루)치즈, 네덜란드산 고다, 이탈리아산 파마산 등 각각의 생산지를 확인하는 걸 잊지 않는다. 생선도 마찬가지. 아이슬란드산 냉동 대구와 노르웨이산 신선 연어를 선택한다. 공기에 노출되지 않게 진공 포장이 되어 안심이다. 배송 시간을 선택하고 주문을 마무리한다. 매번 하는 일의 반복이다. 열심히 재고 따져보고 체크하고 또 확인하고. 매번 확인에 확인을 반복하며 살았다.

룰을 따르는 삶. 즐거움이 없었다. 활력은 말할 나위도 없다. 정확했으나 무기력했고 건조했다. 그렇게 맛있고 몸에 좋은 걸 먹는데 힘이 펄펄 나야 정상인데, 기분은 매번 다운되고 감정도 잘 느끼지 못하는 지경에 이르렀다. 구토는 이제 거의 하지 않게 되었지만 힘이 빠지고 모든 것이 귀찮아졌다. 열심히 돌아가던 오븐도 상하이에서는 멈춰버린 듯 새것 그대로이다.

어느 날 냉장고를 열어 보았다. 이전에 사놓은 식재료들이 시들시들하다. 진공상태로 포장된 연어가 눈에 들어왔다. 이퍼마켓에서 꽤 오래전에 산 것 같은데…. 공기와 접촉하지 않았으니 그래도 괜찮을 것 같다. 기대감을 가지고 포장을 열어보았다. 악취가 진동한다.

'마치 나와 같네…, 굳어서 움직이지 못하고, 세상과 차단되어 살아가고 있는….'

안에서 소리를 질러도 듣지 못하고 밖에서 소리쳐도 알아차리지 못하는. 시원하고 안락한 곳에 있는 것 같았지만 숨도 못 쉬고 있던 연어. 나는 진공으로 완벽히 포장되어 이 세상과 동떨어진 채 상해가는 연어 같았다.

✦

하얀 티셔츠

월화수목금토일. 옷장 선반에 각이 잘 잡힌 티셔츠들이 차곡차곡 빈틈없이 제자리에 놓여 있다. 일주일은 칠일. 일곱 개의 티셔츠가 있어야 한다. 당연히 남자가 원하는 대로 잘 정리되었다. 하나같이 모두 하얀 반팔 티셔츠이다. 그것들은 남자의 몸에 잘 맞아 그 위에 셔츠를 입었을 때 완벽하게 자신의 모습을 감출 수 있어야 한다. 그래서 목선 디자인도, 팔과 몸통의 폭도, 정확히 남자가 원하는 스타일이어야 한다. 덤벙대는 여자는 남자와 관련된 물건을 만질 때면 촉수를 최대한 세우는 게 어느덧 습관이 되었다. 남자가 요구하지는 않았다. 그러나 여자의 행동이 마음에 들지 않으면 표정이 거침없이 까맣게 변한다. 여자는 남자가 기뻐

하는 모습을 많이 못 본 듯하다. 친구들과 있을 때도 웃는 모습이 절제되어 있는 느낌이었다. 여자와 결혼을 하던 날에도 기쁨보다는 상기된 얼굴이었던 것으로 기억된다.

남자가 소유한 물건은 그 무엇보다 소중하다. 특히 새로 온 것은 절!대!로! 허락없이 함부로 만지면 안 된다. 한번은 남자의 엄마가 새 맥북에어를 만진 적이 있었다. 찰나의 손 터치에 분노가 순간적으로 솟구치는 장면을 목격한 적이 있다.

"Ne touche pas!" "손대지마!"

획! 하고 순식간에 노트북을 채갔다. 말소리는 약했지만 행동은 거칠다. 남자는 평온의 상태에서 최고 수위의 분노상태까지 거침없이 올라가는 신기방기한 재능을 가지고 있었다. 자신이 소유하는 것에 대해 그렇게까지 애정을 표출하는 사람을 여자는 태어나 처음 보는 것 같다. 아니다.

비슷한 사람을 본 적이 있다. 여자는 어릴 적에 엄마가 결벽증 환자일거라 확신했다. 힘든 농사일에도 머리카락, 먼지 하나 없는 방바닥을 유지하기 위해 엄마는 끊임없이 쓸고 닦았다.

"저벅저벅 소리가 나잖아, M. 욕실에 가서 발 좀 씻고 와."

"M, 그 테이프 좀 이리로 줘봐. 여기 머리카락이 있네."

"손님들이 갔으니 청소기를 돌려야겠다."

"M, 옷에서 냄새가 나는 거 같으니 빨아야겠다. 빨래통에 넣어"

가족들의 옷과 신발은 엄마의 수고로움으로 언제나 미끄러지듯 반짝거렸다. 모르는 사람들이 보기엔 참 이상적인 엄마의 모습일 수도 있다.

그러나, 아침마다 치러지는 이런 전쟁은 어떠한가. 바로 방바닥을 먼지 하나 없이 광나게 만드는 것과 이불을 날이 선 칼처럼 개는 것. 서열로 막내인 여자는 그래도 이런 상황에서 자주 제외되곤 했다.

"애기가 뭘 할 수 있겠어. 그 정도면 됐어. 잘 했네."

방을 쓸고 닦고, 이불의 가장자리를 정확히 맞추어 개는 일은 주로 두 살과 네 살 터울인 언니들의 몫이었다. 엄마는 방에 머리카락이 보이거나 특히 개어있는 이불의 끝부분이 서로 정확히 만나지 않으면 우리들(막내 여자도 같은 자리에 있었으므로)에게 사정없을 욕을 날렸다.

"이 간나들아! 그거 하나 제대로 못해? 이렇게 딱딱 맞춰서 개야 될 거 아니야!"

어린 여자는 아침마다 들리는 엄마의 찰진 욕과 앙칼진 목소리에 기가 눌렸다. 제발 저 엄마가 진정하기만을 속으로 기도할 뿐이었다. 엄마가 소유하고 있는 공간 안에서 아침마다 그녀의 표정을 살피는 것이 일과의 시작이었다.

여자는 결혼 전부터 남자와 한집에서 살았다. 서로의 생활방식을 알아가기에 좋은 기회이기도 했다. 남자는 솔선수범했다. 즉, 본인 것은 본인이 알아서 하기. 집안일도, 음식도, 빨래도, 빨래 정리도. 청소도. 완벽하고 더 없이 좋아 보였지만 어느 순간부터 인간미가 없는 것 같다는 느낌도 받았다.

결혼 후에도 이어지는 남자의 개인주의는 하얀 티셔츠에서 그 능력을 한껏 발휘했다. 언제나 각이 맞춰 잘 개어진 셔츠들은 빈틈이 없다. 여자도 개기 시작했다, 남자가 개는 것처럼 각을 잘 잡아서 흉내를 냈다. 하얀 색이어야만 한다. 남자의 각 잡힌 하얀색 티셔츠를 볼 때마다 여자는 엄마를 생각했다. 그래서 남자에게 (돌려) 말했다.

"우리 엄마가 엄청 깔끔 떠는 사람이거든. 모든 것이 제자리에 있어야 하고, 빨래를 갤 때 각을 정확히 잡고, 모서리를 정확히 맞춰서 접어야 해. 특히, 이불하고 요같은 것

말이지."

"그래? 그거 아주 좋은데?"

"그거 되게 피곤하지 않아? 생각해봐, 어차피 다시 펼 껀데 뭐하러 그렇게 해? 속옷도 그렇게 딱딱 맞춰서 접을 이유가 없지 않아? 어차피 펼쳐서 입을 거잖아."

"N'importe quoi." "무슨 소리야? 별 쓸데없이…"

남자는 여자가 별 쓸데없는 말을 한다고 지나가는 말투로 퉁명스럽게 말했다. 여자도 남자의 말에 어느 정도 동의했다.

'그래, 헝클어진 것보다는 각이 잡힌 게 예쁘고, 깨끗해 보이긴 하지. 엄마도 N도 좋은 습관이지 뭐.'

여자의 마음은 남자를 향해 있었다.

✦

조지 클루니

남자에게는 스타일이 중요하다. 보이는 스타일이든 보이지 않는 스타일이든 그의 삶에서 스타일이 목숨보다 중요할지도 모른다는 생각을 여자는 종종했다. 언제나 숨이 턱까지 차있는 듯해 답답하다. 한시도 자신을 내려놓지 못하는 남자를 보면 여자는 답답하고 숨이 막힌다. 여자처럼 프랑스인과 결혼해서 아이를 둔 지인이 있었다. 한번은 프랑스가족 커뮤니티 행사에 처음으로 참석해 보았다고 한다. 그리고는 다시는 가지 않겠다고 마음먹었단다.

"왜요?"

"아휴! 생각도 하기 싫어요. 숨이 안 쉬어지더라구요. 질식하는 줄 알았어요."

그녀가 무슨 말을 하는지 여자는 너무도 훤히 잘 안다. 프랑스인들만의 특징이다. 처음 오는 사람은 완전히 무시해버리고 지들끼리 놀기, 바른 자세를 유지하기, 목을 길게 빼고 특히 턱과 코를 올리기. 최대한 교양있게 보이기, 마음에 들지 않는 점은 바로바로 지적하기. 아주 솔직하고 명확히 지적하기. 여성들에게 이런 특징이 특히 도드라지긴 하다. 그들만의 스타일이 있다. 결혼 전 남자의 동생에게 물었다.

"형은 네게 어떤 존재니?"

"음…, 형은 나에게 큰 존재지, 아주 큰 산과 같은 존재랄까? 그리고 형에게는 Dignity(존엄, 위풍)가 있어. 언제나 자세가 곧고 늘 가슴을 펴고 고개를 들고 있어."

"뭐야? 왕 같은 존재라는 거야?"

"응 맞아, 나는 그런 형을 존경해."

동생의 형에 대한 감정이 뜻밖이었다.

'형을 존경한다…, 좋은 형제지간이네… 그런데 형이 왕 같은 존재라…, 뭔가 잘 모르겠네…'

남자는 집에서도 외출복으로 입는 청바지를 입고 지낸다. 답답하고 불편해 보여서 참다못한 여자가 한마디 한다.

"제발, 집에서만은 편한 옷으로 갈아입으면 안 돼? 그렇게 입고 있으면 불편하지 않아?"

남자의 모습에 여자는 숨이 막힌다. 옷을 사러 가면 일부러 잠옷 코너에 가서 편안한 바지를 남자에게 선보인다. 잊지 말아야 할 것이 있다. 잠옷도 깔끔하고 스타일리쉬한 디자인이어야 한다는 것. 그런데 이번에 골라준 옷을 남자가 입어보고 마음에 들어 하니 완벽하다. 기쁜 마음과 기대감으로 데려온 잠옷은 집에서 평상복으로 입기에도 괜찮을 듯했다. 남자가 가끔, 아주 가끔이라도 잠옷을 입고 소파에 앉을 때면 여자는 속으로 너무나 기쁜 나머지 쾌재를 부른다.

'저렇게 입고 있으니 얼마나 좋아, 내 속이 다 시원하네!'

남자에게는 스스로가 정한 규칙이 있다. 집에서도 반드시 스타일리쉬하게 지내기. 감성에 빠져들지 않기. 쓸데없는 할리우드 로맨틱영화는 금물. 코미디영화는 오케이. 감성적인 가사가 있는 노래도 금물. 남자도 여자도 그 규칙에 따라 살아야 했다. 남자의 동생은 그 걸 존엄, 위풍이라고 했고, 그의 부모는 가끔은 너무 심각하다며 농담조로 얘기했지만 대부분 침묵했다.

집 안에서의 스타일이 이렇게 중요한데 집 밖에서는 오죽할까. 그래서 그는 항상 스타일을 미리 점검한다. 가장 많이 신경을 쓰는 옷은, 전날 미리 정해서 한쪽에 준비해 둔다. 속옷, 속 티셔츠, 셔츠, 바지, 벨트, 양말, 신발, 가방. 아침 준비도 스스로 한다. 사과와 견과류, 비타민, 최고로 좋아하는 네스프레소 캡슐까지.

조지 클루니처럼 네스프레소를 즐겨 마신다. 스타일리쉬하다. 모든 것이 준비되었으면 침대로 간다. 좋은 습관이긴 하다. 너무도 완벽해서 자주 숨이 막힐 뿐….

✦

회색소파

매일 아침 8시 30분. 일어나는 시간은 일정했다. 어떤 이들에겐 조금 늦은 아침이다. 더 일찍 일어날 수도 있지만, 전날 12시가 넘어야 잠을 청하는 여자에겐 꽤 적당한 시간이다. 아니 사실은… 예민한 남자를 방해하고 싶지 않다. 여자의 아침 스케줄이 느슨해지면서부터이다. 여자는 남자에게 아침을 깨울 권리를 주었다. 남자가 아침을 시작하고 나서야 여자도 침대에서 내려왔다. 그들의 평화를 위해 그게 낫다고 생각했다.

아침 시간에 움직이던 남자가 사라지면 여자만의 시간이 찾아온다. 그러나 특별히 할 일이 떠오르지 않는다. 목표를 잃은 지 오래다. 무얼 해야 할지, 어디를 향해 가야 할지 방향을 잃은 채, 그렇게 하루하루를 살고 있다. 이상하다는 생각은 들었다. 무언가 빠져있는 삶. 구멍이 뻥 뚫려 있지만, 무엇으로 채워야 할지 알 길이 없었다. 남자가 원하는 걸 알 것 같지만 저항감이 생긴다. 하고 싶지 않다.

그러나 거부하지 못한 채 조정이라도 당하는 듯 거실 한가운데 소파에 자리 잡는다. 아니다. 남자가 아니라 여자는 스스로를 조정한다. 노트북을 무릎에 올린 채 무언가에 열심이다. 그렇게라도 해야 불안감이 덜어진다. 언제부터인가 여자는 한번 자리를 잡고 앉으면 웬만해선 움직이지 않는 이상한 뚝심(?)도 생겼다. 그것도 인내라면 인내일까? 그때부터였다. 인내심이 부족한 여자가 오래 앉아 있는 것만큼은 잘하기 시작했다. 무언가 하나라도 잘하는 게 있으니 다행이라 생각한 적도 있다. 카페에서는 오랜만에 만난 친구의 이야기를 미동도 없이 들을 수 있고, 집에서는 노트북을 친구 삼아 오랜 시간 소파에 앉아서 보낼 수 있다. 그러다 남자에게서 메시지가 오면 여자의 행동에 변화가 생긴다.

소파에서 몸을 벌떡 일으켜 냉장고로 향한다. 정지해 있던 물체가 순간 다시 활동하는 시기이다. 최고의 속력까지는 아니지만 몸과 눈과 손이 빠르다. 도착할 시간에 맞게 샐러드, 오믈렛 등 남자가 주문한 것으로 준비한다. 함께 식탁에 앉는 시간이다. 남자는 이때부터는 함께 하기를 허락한다. 가끔은 남자 혼자일 때도 있다. 여자는 몸이 분주하지만 남자가 주문한대로 맞은편에 앉으려 노력한다. 그런 여자의 행동은 여자를 위해 한국으로 홀로 온 남자를 위한 배려이다. 시간이 되면 남자는 다시 사라진다.

여자는 긴장감이 풀려서인지 식곤증 때문인지 못이기는 척 또 몸을 소파에 허락한다. 이번엔 차라리 누워버린다. 소파에 몸을 눕히는 행위를 하면서 게으르다며 자아비판을 사정없이 해대지만, 의사선생님의 말씀을 잘 따르거나, 인터넷 카페의 한 경험자의 조언을 찰떡같이 듣는다는 위안을 스스로 하며 '자아격려'를 한다.

"마음을 편하게 가지세요."

"힘든 운동은 피하세요. 하루 30분, 걷기운동 정도만 적당히 하시면 됩니다."

여자는 몸과 마음을 최대한 편하게 하기 위해 소파를 택했다.

"스트레스는 금물입니다. 절대 안정을 취해야 합니다,"

선생님과 카페 선배들의 조언대로 '스트레스'는 여자의 사전에서 사라져야 할 단어로 찜하고 매번 소파로 달려갔다. 반복되는 임신 실패의 원인이 '스트레스' 때문이라고 생각했기 때문이다.

스트레스 없애기! 최대한 마음을 편하게 갖기! 주말이 아닌 평일 대낮에 처음 소파에 누웠을 때 밀려왔던 죄책감은 시간이 지날수록, 드러눕는 행위가 반복될수록 정당함으로 적절히 포장되는 것 같았다.

'그놈의 스트레스를 좀 없애보자! 나는 지금 마음의 평화를 위해 열심히 단련 중이야! 이건 카우치 포테이토The Couch Potato(미국판 집 죽돌이)와는 전혀 다른 차원이라구!'

여자는 죄책감이 스멀스멀 올라올 때마다 소파에서의 삶을 정당화하는 척했다. 그러나 남자와 지내며 편치 않은 마음, 늘 긴장되어 있는 마음은 혼자 있는 순간에도 지속되었다. 편한 소파에서 조차도….

여자는 자주 소파 안을 파고 들어 땅을 뚫고 무한대로 꺼지는 상상을 하곤 했다. 천근만근 무거운 몸이 중력에 의해 지구 중심으로 빨려 들어가는 생각은, 상상만으로 그치지 않는 듯 생생했다. 어떤 날은 하루 종일 소파에서 생활하고 잠이 들었다가 남자의 메시지에 놀라 깜깜한 저녁이 되어야 깨곤 했다. 다니던 병원에서 피검사를 해보자고 했다. 수치 8. 선생님은 여자에게 피 가난뱅이라고 했다. 빈혈貧血. 눈치도 못 채고 있었는데…. 그동안 조금만 운동을 해도 쉽게 지치는 것 같더니. 빠르게 고갈되는 에너지는 선천적으로 타고난 허약체질 '덕분'이라고 생각했는데 철결핍성빈혈 때문이었다니….

'그래서 소파에 그렇게 드러누웠던 걸까?'

원인을 알았으므로 철분제를 먹기 시작했다. 철분제를 먹으니 기운도 나고 한동안 삶에 활력이 생기는 듯했다. 의욕적으로 운동도 열심히 했다. 그러나 그것도 잠시일 뿐. 여자는 다시 소파로 향했다. 몸이 문제가 아니었다. 연회색의 패브릭소파는 여자의 피난처였고, 휴식처였으며 엄마의 가슴팍처럼 포근해 추위를 잘 타는 여자가 안식을 취하기에 안성맞춤이었다. 여자는 다시 눕기 시작했다. 세상에서 가장 게으른 사람처럼, 그러나 가장 편안한 사람처럼….

✦

프로슈토 피자_{Prosciutto Pizza}

오늘은 프랑스에서 남자의 부모님이 도착하는 날이다. 늘 그렇듯 남자가 일터로 가서 없는 사이 여자가 맞이하기로 했다. 운전기사가 픽업을 할 것이니 굳이 공항까지 가지는 않아도 되고 오늘도 아이_{Ayi}(청소 도우미)가 오는 날이니 청소도 맡기면 된다. 여자가 참 편해 보인다.

"나 이상해. 온몸이 가려운 게 점점 더 심해져. 여기 빨갛게 막 올라와, 이것 좀 봐."

전날부터 머리가 가렵더니 코로 숨 쉬는 게 쉽지 않고 목 안도 불편한 게 가슴도 답답했다. 밤사이 빨간 반점이 여기저기 올라오고 손이 퉁퉁 부었다. 남자가 출근하기 전에 여자는 몸의 이곳저곳을 짚으며 도움을 청했지만 별말이 없

67

다. 의사가 아니니 그럴 수 있다. 여자는 아침 일찍부터 근처 약국으로 달려가 약사의 도움으로 클라리틴Claritin을 사서 그 자리에서 한 알을 먹었다. 이런 알러지는 처음이다. 어릴 적 두세 번쯤 겪어 본 기억이 있으나 이렇게 심각하지는 않았던 것 같다.

'뭘 잘못 먹었나?'

전날 먹은 음식을 되내었다. 여자는 전날 한국에서 일을 보고 상하이로 돌아왔다.

'공항에서 먹은 떡이 문제였을까? 괜히 안 먹던 걸 먹어서 탈이 난 걸까?'

동그랗고 귀여운 모양의 경단에 형형색색 떡고물이 입혀져 있었다. 떡을 그리 좋아하지는 않지만 한번 먹어보고 싶었다. 참깨, 검정깨, 녹색가루, 붉은색가루, 노란콩가루…. 어떤 가루가 고물로 입혀졌는지 원재료를 알 수가 없다. 추측만 할 뿐.

'엎어진 고물이 나와 맞지 않았던 걸까? 아, 아니다. 전날 언니랑 먹은 조개가 문제였을까? 익혀 먹었는데 이상하다.'

예전에 생굴을 먹고 죽을 뻔한 사건을 회상하며 조개를

의심했다.

 '아, 아니야…, 꽃씨 때문인가?'

 이번엔 플라타너스의 하얀 꽃씨를 의심해본다. 5월 초. 여자와 남자가 살고 있는 프렌치 컨세션French Concession(프랑스 조계지, 프랑스인이 자유롭게 거주하며 치외법권을 누릴 수 있도록 설정한 지역)에는 하얀 물체가 여기저기 둥둥 떠다니다 몸에, 얼굴에, 눈에 쩍쩍 달라붙는다.

 혼자 알 수 없는 알러지의 원인을 분석하며 약사가 추천해준 약이 제발 효과가 있기를 바랐다. 그런데 약을 먹고 잠깐 수그러드는 듯하던 반점이 시간이 지나 다시 올라오며 이제는 더 성을 내면서 온몸으로 번지는 듯했다. 숨 쉬는 것도 점점 더 힘들어진다.

 그사이 남자의 부모가 도착했다. 남자가 퇴근하고 집으로 올 때까지는 아직 서너 시간이 더 남았다. 프랑스에서 도착한 남자의 부모에게 간단히 요거트와 주스, 커피와 홍차를 내오고 남자가 일터에서 돌아오기만을 기다린다. 여자는 아픈 모습을 보여주기 싫어 자주 침실로 들어갔다. 드디어 남자가 돌아왔고, 모두 함께 잠깐 담소를 나눈 뒤, 여자가 남자를 따로 불렀다.

"이것 봐, 너무 심해졌어. 숨쉬기도 힘들어."

"응급실로 가. 스마트상하이SmartShanghai app에 병원 정보가 있을 테니까 찾아봐. 그리고 지금은 운전기사를 부를 수 없어."

'하는 일이 뭐야? 그 정도는 할 수 있잖아?'라는 표정으로 남자가 대답하는 것 같다.

"나 혼자 가라고? 난 중국어도 못 하고 지금 응급상황인데 혼자서 다 알아서 하라고?"

살면서 병원을 많이 가보았다. 그러나 응급실은 처음이다. 더군다나 언어도 안 되는 여자에게 너무도 생소한 중국이 아닌가. 어이가 없었지만 여자는 검색 끝에 한 곳에 전화를 걸어 당장 의사를 볼 수 있다는 답변을 받았다. 다행히 외국인을 대상으로 하는 병원이라 영어로 대화가 가능했다. 이번에는 한 번도 가본 적 없는 그 병원의 주소를 찍어 디디Didi(중국의 우버)를 부를 차례다.

"정말 나 혼자 가야 해?"

"응, 혼자 가야지. 그럼 어떡해?"

남자는 아픈 부인보다 부모의 저녁 식사가 더 중요하다. 서러웠다. 가기로 했던 이탈리안 식당은 바로 집 앞이다.

이 모든 상황을 지켜보고 있는 남자의 부모는 아무 말이 없다. 정말 무섭다는 생각이 들었다.

'아무리 약한 모습을 보이면 안 된다고 하지만 이건 너무한 거 아닌가?'

여자는 이 상황이 이해가 되지 않았다. 어쩔 수 없이 디디 어플을 켜고 픽업할 곳을 잘 표시했는지, 도착지는 잘 표시했는지 핀Pin을 몇 번을 확인해가며 겨우 예약에 성공했다. 처음으로 디디를 예약하는 순간이었다. 하필이면 이런 응급 상황에서.

우여곡절 끝에 디디를 타고 홀로 병원으로 향했다. 가는 내내 주위 풍경을 살피고 돌아올 때는 또 어떻게 해야 할지 벌써부터 걱정이다. 상하이가 국제도시이긴 하지만 중국은 중국이다. 여자가 살고 있는 곳에서 병원까지는 승용차로 삼십 분 거리다. 그러나 언어를 하지 못하는 여자에게는 이 밤에 처음 가보는 그 지역이 무섭기만 하다. 무슨 일이 일어날지 아무도 모를 일 아닌가.

상하이 연합 가족 병원 및 클리닉Shanghai United Family Hospital and Clinics. 디디에서 내려 병원 입구로 보이는 듯한 곳을 향해 빠르게 걸어갔다. 문을 열었다. 입이 떡하고 벌어졌다.

여자는 상상하지도 못한 광경이 펼쳐졌다. 너무 당황해서 그냥 얼어붙은 자세로 눈만 동그랗게 뜨고 감기를 반복했다. 상상했던 것과 너무도 다르다.

"여기요 여기!"라고 외치는 듯한 수백 수천 명의 사람들이 빽빽이 1층 홀을 가득 메우고 있었다. 환자복을 입을 사람들과 일상복 차림이 사람들이 여기저기 섞여 일렁이는 파도와 같다. '이게 무슨 일이지?' 멍했다. 큰소리로 말하는 무리 가운데 병원 안내인인 듯한 사람이 보였다. 이때다 싶어 핸드폰을 꺼내 구글 번역기에 글을 적고 그에게 내밀었다. 통통 부어있는 손과 붉은 반점이 올라온 팔을 가리키는 것도 잊지 않았다.

"전화로 예약했어요. 알러지가 있어요."我通过电话预订了我过敏"

그는 안내데스크로 나를 데려가더니 잠깐 기다라고 한다. 이내 영어를 하는 사람이 나타나 나에게 말한다.

"이곳이 아니에요. 반대편으로 가세요."

그녀가 밖에 있는 맞은편 건물을 가리키며 말했다. 애초에 여자가 가야했던 곳이 그곳이었다. '다행이다.' 순간 정신이 차려졌다. 도떼기시장 같은 곳을 빠른 걸음으로 빠져 나와 주차장 건너에 있는 반대편 건물에 도착했다. 조용하다. 고요하기까지 하다. 안내 데스크에서 직원이 인사를 건넨다.

"Hello, How can I help you?" "안녕하세요, 어떻게 오셨나요?"

첫인사부터 영어다. '아! 이곳이 맞나보다!' 안도의 숨을 내쉬고 예약한 상황을 말했다. 잠시 후 드디어 의사를 만날 수 있었다. 중년의 남자 의사가 내 몸을 유심히 관찰하고 이런저런 질문을 한 후 응급 처치용 주사와 약을 처방해 준다.

"무얼 드셨는지 잘 생각해보고 당분간은 그 음식을 드시지 마세요. 플라타너스 꽃씨로 이런 상태가 되지는 않아요. 분명 드신 것 중에 뭔가가 문제를 일으킨 겁니다."

"알러지 테스트를 해야 할까요?"

"아니요, 권하지 않아요. 해봐야 정확하지도 않아요."

"우선 이번에는 이렇게 한번 해보고 관찰합시다."

의사의 말을 믿기로 하고 다음 진료를 예약했다. 비용을 지불하고 이제 다시 디디를 부르는 도전을 해야 한다. 앱을 켜서 조심스레 핀을 움직여 픽업 장소를 설정한다. 아무래도 불안하다. 안내 데스크로 가서 직원에게 앱을 보여주며 다시 한번 위치를 확인한다. 다행히 디디가 병원 안까지 들어올 수 있다. 깜깜한 밤에 처음 와보는 거리에서 홀로 서 있지 않아도 되니 진심으로 다행이다.

집에 돌아오니 남자와 그의 부모도 맛있는 식사를 끝내 고 돌아와 있었다. 친절하게도 여자를 위해 프로슈토 피자 도 한 판 사오는 걸 잊지 않았다. 그 집 피자가 맛있었다며 식사 평도 첨부하며…. 맛있게 드셨다니 다행인데 여자는 왜 씁쓸할까?

토마소 소스에 이탈리안 대표 햄인 프로슈토와 쌉쌀한 루콜라와 파마산 치즈가 뿌려진 프로슈토 피자. 여자가 그 집에서 가장 좋아하는 메뉴는 아니다. 그래도 생각해 준 정 성이 참으로 감사하긴 하다. 그런데 왜 씹으면 씹을수록 유 독 짜고 쓰게 느껴지는 걸까?

◆

르 보들레 Le Bordelais

르 보들레 Le Bordelais.

상하이에서 우리의 시작과 끝을 함께한 프렌치 비스트로 Bistro (선술집)이자 와인 샵.

레지던스 호텔에서의 생활을 마무리하고 최종적으로 우리 삶의 터전으로 옮겨간 날. 집 주위를 돌아보며 발견한 곳. 프랑스의 보르도 지역과 관련이 깊어 보이는 이름을 보고 반가운 마음에 육중하게 닫혀있는 세로로 긴 철문을 조심스레 열었다. "쇼쇼 샬랄라!" 고요한 외부와는 달리 문을 열자 샤르르 팡팡 터지는 트랜디한 프렌치 음악이 들린다. 알아듣지 못하는 중국어와 낯선 풍경에서 갑자기 익숙한 소리, 익숙한 장소에 들어온 느낌이었다. 잠자던 귀가 확

깨어나는 듯했다. 환한 대낮에 칠흑같이 어두운 실내로 들어서자 햇볕에 꽉 조여있던 동공이 순간 활짝 열렸다. 어둠이 뚫리자 2층으로 향하는 나선형 계단이 바로 눈앞에 들어왔다. 넘어질세라 조심스레 계단 난간을 손으로 쓸며 올라갔다. 끝에 이르자 검붉은 조명을 비롯해 전체적으로 붉은색이 가득한 공간에 손님용 테이블과 검정과 하양의 조합으로 이루어진 모자이크 바닥 장식 그리고 나무 벽에 걸려있는 와인 랙이 눈에 들어왔다.

와인 랙에는 수많은 와인이 각 나라별로 나누어져 진열되어 있었다. 산지와 품종, 당도 등에 관한 설명도 친절히 쓰여 있었다. 테이블은 공간의 양쪽으로 나누어져 잘 정돈되어 있었다. 주말 저녁이라 손님들로 꽤 붐볐다. 오리고기 요리와 샐러드를 먹으며 와인으로 한층 분위기를 즐기는 커플, 샤쿠트리charcuterie(서양식 육포)와 치즈 플래터cheese platter(치즈와 크래커)를 사이에 두고 생일 축하라도 하는 듯 샴페인 잔을 기울이는 사람들. 모두 제각기 이 세련된 프렌치 비스트로의 분위기에 취해 있는 듯했다. 오른쪽 구석에 있는 원형 테이블에는 주인인 듯한 사람이 지인들과 이야기하다가 우리 쪽으로 힐끗 시선을 돌렸다.

12월의 상하이도 한국 못지않게 추웠다. 남편과 나는 한참을 밖에서 걸을 요량으로 꽤 두툼한 겨울 외출복으로 무장했다. 무릎까지 오는 회색 패딩, 하얀 털모자, 다리를 완벽히 감싸는 까만 부츠에 가죽장갑을 낀 채 양손을 외투 주머니에 찔러 놓고 남편과 와인을 구경하고 있었다.

　"Hello! Bonjour!"

　주인인 듯한 남자가 다가와 말을 건다.

　"Bonjour!"

　"안녕하세요. 프랑스 분인가요? 제 남편도 프랑스 사람이에요. 맞은편 아파트로 이사 왔어요."

　"아! 반갑습니다! 여기도 같은 아파트 건물인데 좀 더 일찍 지어졌죠. 부인이 이사 온 곳이 훨씬 나아요."

　"아! 그래요? 감사합니다. 이름이 팔라스Palace라 그런지 정말 궁전 같아요! 이 건물도 좋은데요. 여기 비스트로 분위기도 너무 맘에 들어요. 보르도에서 오셨나요?"

　"네, 그렇습니다!"

　"여기 있는 와인은 프랑스 와인뿐만 아니라 다른 나라 와인도 있어요. 이쪽은 칠레, 이쪽은 아르헨티나…. 한 번쭉 둘러보시고 맘에 드는 와인이 있으시면 말씀하세요. 아!

그리고 이웃 주민이 된 기념으로 특별히 선물을 드리지요. 주소를 써주시면 30% VIP 할인 카드를 댁으로 보내드리겠습니다."

주인은 말이 끝나가기 무섭게 옆에 있는 박스 하나를 열더니 식당의 로고가 찍혀있는 디캔터를 내밀었다. 그의 친절과 선물 공세에 이사 온 기념으로 우리는 그곳에서 첫 식사를 하기로 했다.

"'궁전'으로 이사 오길 잘했어!"

상하이에서 삶의 터전으로 그곳을 선택하기를 잘했다고 남편과 나는 이구동성으로 동의했다. 앞으로 펼쳐질 삶을 기대하면서…. 때마침 르 보들레에서는 최신 유행하는 폴로와판POLO & PAN이 부르는 꺄노페Canopée(커플이 현실세계에서 벗어나 자연 속에 있는 그들만의 유토피아적인 삶을 이야기하는 노래)가 흘러나오고 있었다.

9월의 상하이는 아직도 여름의 열기를 붙잡고 있었다. 남편과 나는 평소 자주 가던 르 보들레로 향했다. 이야기를 하기 위해서는 식당이나 바를 이용하는 게 좋다. 외부에선 이야기가 술술 나온다. 서로에 대한 진심보다는 그냥 사람들 이야기, 회사 이야기, 우리의 하루 일과 이야기 등 쉽게 쉽게 할 수 있는 이야기들. 그런 평범한 이야기들.

속 깊은 이야기는 늘 그렇듯이 금물이다. 남편은 한 번도 자신을 내려놓고 속마음을 말한 적이 없다. 당시 내가 느끼기엔 그랬다. 그런 그에게 늘 불만이었지만, 그를 변화시킬 수는 없었다. 그건 설악산에 있는 울산바위를 고향인 울산으로 옮기는 것만큼이나 힘든 일이었다. 그런데 그날, 르보들레에서 들려오는 익숙한 까노페Cannopée의 가사를 속으로 따라 흥얼거리는 나에게 그가 말을 하기 시작했다.

"나 진짜 힘들어."

남편은 가끔 아니 자주 직장에서의 불만을 얘기했지만, 이런 말투로 말한 적이 한 번도 없었다. 그날 그의 말투와 표정은 처음 보는 것이었다. 약간의 떨림과 울먹임이 느껴졌다. 그는 진짜 속마음을 이야기하고 있었다. 우리는 꽤 오래 야외 좌석에 앉아 이야기를 나눴다. 어둠이 깔리고, 노오란 조명과 가끔 불어오는 후덥지근한 바람. 차가운 로제와인을 두 병째 비울 때쯤 나의 얼굴은 눈물로 얼룩졌고 정성껏 한 화장은 형체 없이 지워져 있었다. 남편이 무슨 말을 했는지 자세히 기억이 나지는 않지만 나는 그에게 고맙다고 했다. 진심으로 처음 나에게 속마음을 보여준 남편에게 감사하다고 했다.

"정말 고마워, 그렇게 말해줘서, 지금까지 들어본 말 중에 최고야. 나는 모르고 있었는데…"

삐걱대던 우리는 참 오랜 시간 잘 버텨왔다는 생각이 들었다. 나만 그런 게 아니었다. 남편도 그랬다. 그가 속마음을 말해줘서 진심으로 고맙고, 감사했다. 까노페 노래가 다시 흘러나왔다.

남편은 나만큼이나 힘든 삶을 살고 있었나 보다. 길을 잃어버린 어린아이 같았던 그의 모습이 아직도 생생히 기억난다. 그날 여름의 끝자락에서 우리는 끝내 마지막을 이야기하지는 않았다. 그러나 나는 직감적으로 알 수 있었다. 종말, 끝맺음, 마침표의 느낌은 후덥지근한 늦여름 밤에도 서늘하게 다가왔다.

르 보들레는 몇 달 후 영업을 종료했다. 그 사이 우리는 그곳으로 발길을 돌리지 않았다. 상하이의 '우리의 궁전'에서 처음으로 우리와 함께했던 프렌치 비스트로 '르 보들레'. 내가 그곳을 떠날 때 즈음 그곳도 문을 닫았다. 육중한 철문에는 우리가 함께한 시간만큼이나 크고 단단한 자물쇠가 채워져 있었다. 우리의 추억을 머금은 채….

◆
위스키

    그날도 상하이의 여느 날과 같이 부슬비가 내리고 있었다. 축축한 비를 맞으며 여자는 강아지와 산책을 한다. 우산은 필요치 않다. 차라리 없는 편이 낫다. 살금살금 내려앉는 비의 입자들이 여자의 머리와 옷에 스며들지만 중요치 않다.

    살면서 이렇게 시커멓게 굳어버리는 심장을 느껴본 적이 있을까? 들이마시는 공기가 폐까지 내려가지 못하고 공중에서 헐떡거리고 있다. 여자는 무슨 생각을 하고 있는 걸까? 여자의 시선은 함께 산책하는 강아지에게 향해 있지만 동공은 비어 있다.

    저녁이다. 비가 오는 바람에 멀리 가지 않고 아파트 단지

안을 여기저기 배회하다 돌아간다. 머리카락은 빗물로 축
쳐져있고 화장기 없는 얼굴도 힘이 없다.

순간 앞에 검은 물체가 나타난다. 남자다. 강아지가 힘껏
줄을 잡아당긴다. 여자는 못 이기는 척 줄을 놓아버린다.
남자의 외출복이 더럽혀지든 말든 아무 생각이 없다. 하루
종일 연락 한번 없던 남자가 예고 없이 눈앞에 나타난 것에
분노가 치밀어 오른다. 얼굴이 일그러지고 온몸에서 가시
가 돋아난다.

"왜 늦는다고 연락을 안 해? 할 말이 있으면 말을 해!"
"그래! 오늘 우리 말하자!"

정적이 울렸다. 사정없이 돋아났던 가시는 언제나처럼
또 남자의 단호한 대답에 힘을 못 쓰고 잘려나간다. 남자가
여자보다 세다.

프런트 데스크 여직원은 그날도 정성껏 임무를 수행했
다. 무미건조한 표정으로 로비에 들어서는 남자와 여자에
게 최대한 웃음 띤 얼굴로 인사를 하고, 엘리베이터 버튼을
눌러주고, 엘리베이터가 도착하고 문이 열리고 닫힐 때까
지 자리를 지키며 마지막으로 간단한 목례를 하는 수고까
지. 그녀의 한결같은 모습에 여자는 겨우 희미한 미소를 보

이며 호응을 한다. 남자의 표정을 살필 여력은 없다.

남자는 집에 발을 들여놓자 어깨에 둘러맸던 가방을 벗어버리고 부엌으로 향했다. 진열장에서 온더락 잔을 두 개를 꺼내 얼음을 채우고 술 창고에서 꺼낸 위스키를 반쯤 채웠다. 순간 위스키의 진한 향이 집안에 스며든다. 거실과 다이닝 룸은 노랗고 어두운 조명으로 채워졌다. 평소 같으면 거실 소파에 자리를 잡고 어쩌면 낮은 테이블에 편히 다리를 올려 쭉 뻗고 쉬거나 영화를 보았을 것을, 그날은 달랐다. 여자는 남자의 행동을 보고 이미 멀찌감치 다이닝 룸 식탁에 자리를 잡았다.

"우리, 이제 그만해. 내가 당신과 함께 살아온 세월을 후회하진 않아. 지금까지 나를 이렇게 도와줘서 고마워. 밀로는 당신이 데려가도 좋아. 당신과 함께 있는 게 나을 거야."

"……. 헤어지자는 말이야?"

"……."

남자와 여자는 가끔씩 위스키로 목을 축이며 대화를 이어갔다.

"그래, 맞아"

여자는 둔탁한 물체로 뒤통수를 세게 후려 맞은 것 같은 느낌이 들어 잠시 동안 눈만 껌뻑거린다. 그리고는 이내 입이 움직이기 시작한다.

"그래, 그게 좋을 것 같아. 우리가 더 이상 이렇게 살 수는 없잖아?"

사실 여자는 이런 상황을 준비하고 있었는지도 모른다. 한국에 있는 친구들에게 고민을 털어놓았다. 남자와의 삶이 힘들어지면 가끔씩 그랬다. 자주는 아니었다. 여자는 즐겁지 않은 사생활을 타인에게 이야기하는 걸 꺼려했다. 그런데 남자와의 시간이 견딜 수 없게 되자 친한 친구들에게만큼은 털어놓기 시작했다.

"그냥 헤어져!"

"내가 너희 부부의 생활을 잘 모르니 뭐라고 얘기해야 할지 모르겠다…."

단호하게 말하는 친구도, 조심스럽게 입을 떼는 친구도 있었다. 대화는 계속되었다.

"그런데 나는 이제 어떻게 살지? 난 컴맹에…, 당신이 다 해주었는데…. 이제 내가 혼자 경제활동을 하고 살아야 한다면 밀로는 나와 함께 할 수 없어. 밀로가 있으면 나는 아무 일도 할 수 없을 거야. 당신도 알다시피 밀로는 사냥개야. 하루에 적어도 서너 번은 밖으로 산책을 나가야 해."

"내가 도와줄게, 한국으로 가. 그곳이 당신에게 최선인 것 같아. 집을 알아보는 것도 필요하면 내가 도와줄게. 다른 것도 필요하면 말해. 할 수 있는 한 도와줄 테니."

"……."

"당신은 혼자 살 수 있어. 나를 만나기 전에도 당신은 혼자 잘 살았잖아? 그리고 나는 사라지지 않아. 밀로를 당장 데려가기 힘들면 일단 우리 부모님께 말해볼게. 당신 상황이 안정되면 그때 밀로를 데리고 가."

대화는 담담히 이루어지는 듯했으나, 공기는 무거웠다. 그래서일까 평소 같으면 놀자고 떼를 쓰던 밀로가 조용하다. 그날따라 소파에 가만히 앉아서 남자와 여자를 궁금증이 가득한 표정으로 지켜보고 있다. 아마도 가끔씩 튀어나오는 자신의 이름을 들었을 것이다. 아니면 남자와 여자 사이의 무거운 기운에 기가 눌렸을지도 모른다.

그날이 지난 2년 후 어느 날. 여자는 궁금했다.

'그때 그 위스키는 어디에서 온 걸까? 남편이 좋아하는 프랑스에서 온 벨르브아Bellevoye였을까, 아니면 내 스카파Scapa 위스키였을까?'

이제 와 그때의 장면을 회상하며 여자는 남자가 사용했던 위스키가 그녀가 가장 아끼는 스카파가 아니었기를 바란다.

'내 인생의 가장 불행했던 날에 내가 가장 아끼는 위스키라니… 그건 안 될 말이지. 내 위스키를 사용하지 않았기를….'

✦

발코니

'그래 결정했어! 여기서 떨어지면 완벽하게 성공할 수 있을 것 같아. 이 방법이 가장 확실할 거야!'

아파트 발코니에서 발밑을 내려다보며 속으로 중얼거렸다. 코끝을 스치는 상하이의 봄바람이 아직 따뜻했다. 죽음의 목전에서 따스함을 느끼다니.

발을 올려 껑충하며 힘껏 돌 디딤대 위로 올라가 본다. 몸의 균형을 잡기 위해 난간에 골반을 가까스로 기대고 양손으로 떨어질세라 철제 구조물을 꽉 잡는다. 화려한 꽃과 식물의 넝쿨 모양을 한 프랑스풍의 로맨틱한 난간이 왠지 이 순간과는 어울리지 않는다. 고개를 숙여 발밑을 바라본다. 희미하기도 하고 까마득하기도 하다. 몸이 휘청거리고 머리가 핑 돈다.

나는 고소공포증이 있다. 북한산을 두 발로 오를 때도, 용평스키장 슬로프 꼭대기로 곤돌라를 타고 올라갈 때도 낭떠러지로 잠시라도 시선을 돌리면 현기증이 났다. 자살을 생각하고 여러 가지 방법을 물색했다. 모든 방법에는 장단점이 있었다. 그러나 고층에서 뛰어내리는 것이야말로 성공률이 가장 높고, 간단하고 확실했다. 다행히도 우리 집은 30층에 있으므로 높이는 충분하다. 고층이지만 한국과 달리 발코니에 안전장치가 없고 훤히 밖으로 뚫려 있다. 굳이 아파트 옥상 정원까지 올라갈 필요가 없다.

숨을 깊게 한번 쉬고 철제 난간 사이로 발을 내밀어 본다. 온몸에 있는 세포 하나하나가 날을 세운다. 몸이 뻣뻣해지는 느낌이다. 두 손으로 난간을 꽉 부여잡은 채 뒤를 돌아보았다. 밀로가 보고 있다. 밀로는 남편과 내가 3년 전부터 키우던 강아지다. 나는 동물을 좋아한다. 특히, 강아지는 내가 제일 사랑하는 반려동물이다. 말똥말똥한 눈으로 발코니 난간에 기대고 서 있는 나를 바라보고 있다. 미안한 마음이 들었다. 밀로가 혼자 남겨지지 않게, 남편에게 미리 메시지를 보내야겠다고 생각한다.

떨어지면 일어날 일들을 상상해 본다. '지나가는 사람이 나를 발견하고, 충격을 받겠지? 그 사람은 여기저기로 흩어진 내 몸과 피를 보고 트라우마가 생길지도 모르겠네. 경찰이 오고 구급차가 오고 나를 주섬주섬 실어 담아 병원으로 데려가겠지? 한국에 있는 가족들도 이 소식을 듣고 충격받겠네. 남편이 병원과 경찰서를 오갈 것인데, 그에게도 씻지 못할 아픔과 트라우마를 남기겠지. 그건 내가 바라는 바가 아닌데….'

'그래도 희망이 없으니 그냥 죽자' 다시 발밑을 바라본다. 공포가 밀려온다. 속이 메스껍고 세상이 빠르게 원을 그리며 빙빙 돈다. 몸이 휘청거리고, 앞이 잘 보이지 않는다.

이 집으로 이사 오자마자, 남편과 나는 발코니에 야외 테이블과 의자를 장만했다. 남편은 거친 표면을 비누로 깨끗이 닦고 말린 뒤, 올리브 오일을 바르며 콧노래를 흥얼거렸다. 우리는 주말에 날이 좋으면 이곳에서 여유로운 아침을 먹기도 했다. 네스프레소 기계에서 바로 내려 향긋함이 더한 커피에 신선한 블루베리와 딸기를 섞은 플레인 요거트나 집 앞 팡쇼Pain Chaud 베이커리에서 사 온 갓 구운 크루아상과 팡오쇼콜라(진한 초콜렛이 들어간 크루아상 질감의 페이

스트리)를 함께 하기도 했다.

저녁이 되어 도시에 불이 하나둘씩 켜지면 발코니는 우리의 전용 바가 되기도 했다. 와인잔을 부딪치며 쌴테Santé(건강을 위하여! 술잔을 부딪힐 때 하는 말)를 외치기도 했고, 위스키를 마시며 분위기 있는 음악과 함께 이런저런 이야기를 나누기도 했다. 30층에서 바라보는 상하이의 야경은 집마다, 건물마다 켜있는 불빛만으로도 색색이 화려하고 아름다웠다. 세상 밖이 가장 궁금한 우리 밀로는 발코니로 향하는 문이 열리면 언제나 제일 먼저 달려 나갔다. 밖에 새가 찾아온 건 아닌지? 옆집에선 무얼 먹는지? 앞발을 최대한 높이 들어 난간에 기대어 쉴 새 없이 허공을 향해 코를 킁킁거렸다. 햇볕이 따사로운 날에는 세상에서 가장 편한 자세로 누워 꿈속으로 빠져들기도 했다. 모두에게 좋은 기억이 있는 곳. 발코니.

발끝을 좀 더 앞으로 밀고 뛰어내리기만 하면 되는데 나는 왜 머뭇거리는 걸까. 두렵다. 높은 곳에서 중심을 잃고 허우적대는 몸으로 공포가 밀려왔다. 그리고 슬프다. 나의 죽음이 아니라, 남은 이들이 받을 고통을 생각하니 슬프다. 가족들의 얼굴이, 남편의 얼굴이, 파노라마처럼 촤르르 눈

앞으로 지나갔다. 디딤대에서 발을 내렸다. 완벽할 것 같았던 나의 자살 시도는 그렇게 실패로 끝이 났다.

2부

귀를 열고

눈을 떠보니 우주에 홀로 떠 있는 제가 보입니다.

멀리서 미세한 소리가 들립니다.

점점 더 가까이 점점 더 크게 들립니다.

소리의 출처를 찾아 귀를 기울입니다.

제 안에서 희미하게 시작되어 마침내 심장을 두드리네요.

"내 말을 좀 들어봐!"

내 안의 '나'가 말을 하기 시작합니다.

"나 힘들었어! 나 속상했어! 나 정말 네가 필요해! 내 말 좀 들어줘!"

이 장에서는 잊고 살았던 '나'를 발견하기 위해

귀를 열기 시작합니다.

◆

주머니

늘 함께였다.

"같이 가도 되는 거야?"

"응, 괜찮아. 같이 가자."

N과 M은 항상 함께이다. 퇴근하고, 주말마다, 운동도, 여가도, 친구를 만날 때도, 여행도, 심지어 출장에서도 되도록 함께였다. 바르셀로나, 런던, 파리, 홍콩, 상하이, 도쿄, 부산, 몽트뢰 등. 덕분에 여행도 하고 좋기는 했다.

바르셀로나에서는 N이 일을 보는 동안, M은 라 람블라La Rambla 광장을 거닐다 근처 재래시장을 구경했다. 화려하게 진열된 채소, 과일, 고기와 생선으로 눈이 휘둥그레졌다. 하몽의 나라답게 소금에 절여 건조된 거대한 돼지 넓적다리가 천장에 대롱대롱 매달려 있는 진풍경에 신기해하기도 했다. N의 일이 끝나면 함께 항구로 나가 파에야와 각종 타파스를 함께 맛보고 세상에서 제일 맛있는 에스프레소를 즐겼다. 그리고 그곳에서 N의 싱가포르 동료가 물었다.

"누구?"

"M이에요."

그날은 모든 일정을 마치고 동료와 함께 도시 투어를 하기도 했던 모양이다.

"아하하, 출장 오면서 주머니에 쏘옥 넣어 왔군요!"

M은 그의 표현이 참 재미있다고 생각했다. 외투 주머니에 쏘옥 들어가 함께 온 내가 정말 신기한 듯 내내 미소를 지었던 그. 그가 한 말이 내내 귓전에 맴돌았다.

'주머니 속에 쏘옥 넣어오다….'

결혼 후에도 여자는 주머니 속에 쏘옥하고 숨어 남자와 함께 세계를 다녔다. 남자도 마찬가지였다. 여자가 가는 출장지에 되도록 함께했다.

사람들이 물었다.

"어쩌면 그렇게 항상 같이 다녀? 전화통화를 왜 그렇게 오래 해? 무슨 할 말이 그렇게 많아?"

남자와 여자는 항상 함께였다. 여자는 혼자만 아는 누굴 (친구) 만나본 적이 없는 것 같다. 남자도 그런 식이다. 그들은 그렇게 세상에서 소외되어 가고 있었는지도 모른다. 여자에게는 이유가 있었다. 한국으로 함께 온 남자를 홀로 둘 수가 없었다. 남자는 사람들을 만나는 것에 거리낌이 없었지만 일이 끝나면 언제나 집으로 직행하는 습관이 있다. 게다가 한국 사람들과 친구로 지내는 관계를 만들기는 쉽지 않았다. 그런 남자에게 여자는 최대한 할 수 있는 걸 해야 한다고 생각했나 보다. 항상 시간 맞춰 점심과 저녁을 준비한다거나 남자가 익숙지 않은 한국에서의 행정적인 일들을 대신 알아봐 주고 처리했다. 남자는 또 그 나름대로 할 일을 했다. 평범한 가정의 모습일 거라고 생각하기도 했다. 그러나 사람들은 다르게 보고 있었다. 한번은 친구가 말했다.

"지금 와서 얘기지만, 너희들 그때 너무 외로워 보였어."

친구의 눈에 비치는 남자와 여자는 함께 외로워 보였나 보다. 친구의 말에 남자가 출장 때마다 여자와 함께했었던 기억을 떠올렸다.

'그가 많이 외로웠을까? 물론 나와 함께 하고 싶어 매번 나를 데리고 갔었겠지만, 그것보다 더 깊이 생각해보면 많

97

이 외로웠던 걸까?'

처음으로 그때를 회상하며 생각해보았다.

'그는 왜 늘 외로워야 했을까? 캐나다에서도, 한국에서도. 그전에도 그는 늘 외로웠을까? 프랑스에서 아버지의 직업 때문에 여기저기를 떠돌며 자라서 늘 외로웠을까? 내가 모르는 또 다른 무엇이 있었을까?'

생각이 꼬리를 물었다. 그리고 기도했다. 이제는 그에게 주머니가 필요하지 않기를….

✦

꽃

"한국에 있는 계좌에서 이체할 테니 그거 위안화로 바꿔
줄 수 있어? 몇 시 비행기야?"

친구에게 상하이로 오는 김에 한화 300만 원을 중국 돈
으로 바꿔서 가져다 달라고 부탁했다. 당시 친구들은 하루
가 멀다 하고 연락을 해왔다.

"오늘은 뭐해?

"뭐 좀 먹었니?"

내가 음식을 거의 섭취하지 않는다는 걸 눈치챈 거다. 가
족들도 계속 연락을 해왔다. 혼자 있는 내가 혹시라도 죽지
는 않았을까 걱정이 된 모양이다.

중국에는 배우자 신분으로 간 것이라 내가 자유롭게 사

용할 수 있는 은행 계좌가 없다. 가상 계좌 비슷하게 계좌 번호는 부여되지만 실제로 경제활동을 하지 않기 때문에 남편에게 존속되어 있는 존재에 불과하다. 비용지불은 핸드폰에 설치되어 있는 알리페이Alipay로 하면 되었다. 그런데 남편 계좌와 연결되어있어 사용할 때마다 그에게 알림이 갔다. 일거수일투족을 아주 편리하게 알려 드릴 수 있다. 현금이 필요하면 부러 부탁해야 한다.

"꽃을 배우려고. 여기서 만난 한국분이 추천해 준 곳인데 괜찮은 것 같아."

"그래, 한번 가보고 마음에 들면 말해."

그가 말했다. 그런데 그에게 부탁하고 싶지 않다. 내가 무얼 하든 이제 내 일이니까…. 그래서 마침 상하이로 한걸음에 달려오겠다는 친구들에게 부탁했다. 이유는 말하지 않았다. 이유를 묻지도 않았다. 친구들은 오로지 내가 살아남기를 바랄 뿐인 것 같았다.

우리의 마지막을 이야기하며 그는 다른 곳에서 지내기로 했다. 그가 무얼 하는지 알 길이 없다. 나도 알리고 싶지 않았다.

"커리큘럼 좀 보여주실 수 있으세요? 창업 과정은 어떤 건가요?"

"네? 창업 과정으로 알아보시게요? 정리해서 이메일로 보내드릴게요."

꽃 박스 만들기 원데이 클래스를 체험해보려던 내가 하루 체험은커녕 초급, 중급, 고급 과정을 뛰어넘어 창업 과정에 관한 질문을 하고 있었다.

앞으로 무얼 하며 살아가야 할까? 그동안 내가 해왔던 일을 다시 해야 할까? 그게 정말 내가 원하는 걸까? 나는 무얼 하고 싶지? 나는 결국 살기로 했고, 살고 싶어졌고, 내 영혼에 숨을 불어주고 싶었다. 그래서 살아있는 걸 어루만지고 싶었나 보다.

"선생님, 최대한 빨리 과정을 끝내고 싶어요."

"네? 그럼 한번 오실 때마다 두 작품씩 해야 해요. 온종일 걸릴 텐데요."

"네, 괜찮아요. 최대한 빨리 끝내야 해서요."

급했다. 빨리 과정을 마치고 나를 치유하고 온전히 다시 태어나고 싶었나 보다.

수업 첫날, 노랗고 주황색 톤의 꽃과 까만 플라워박스가 준비되어 있었다. 박스 안에 물먹은 오아시스(플로럴 폼)

를 넣고 꽃을 하나씩 채웠다. 선생님이 알려준 대로 먼저 베이스로 설유화를 꽂고, 유칼립투스도 군데군데 채운다. 오묘한 색의 진한 주황색 장미와 러넌큘러스, 산호색 카탈 리아 장미도 넣었다. 하얀 설유화와 니겔라 등 처음 보는 꽃이 많다. 꽃을 하나하나 꽂을 때마다 꽃대로 힘차게 물이 빨려 들어가는 상상을 했다. "쑥쑥" 생생하게 살아있는 꽃 과 시원하게 빨려 들어가는 물을 상상하니 나도 살아나는 느낌이 든다.

수강료는 친구들이 환전해준 위안화로 지불했다. 그에 게 알림이 가지 않으므로 왠지 기분도 가벼웠다. 혼자가 되 는 미래를 생각하니 갑자기 내가 당장 무얼 가지고 있는지, 무얼 할 수 있는지, 무얼 하고 싶은지 생각하게 되었다. 그 런데 참 이상하게도 '내게 있는 것이 무엇인가'라는 물음에 순간 내 눈으로 손이 갔다.

'눈이 보이네. 그래 나는 아직 이 아름다운 세상을 볼 수 있는 시력이 있잖아!'

어릴 적 귓병을 심하게 앓았었다. 감기에 걸리는 일은 가 장 두려운 일 중 하나였지만 나는 감기에 자주 걸렸고 청력 이 많이 손상됐다. 그래서일까. 내 삶의 위기라고 생각되었던 그 순간, 아직 세상을 볼 수 있고, 글을 읽을 수 있는 눈이 있다는 것에 감사의 탄성이 절로 났다.

무슨 일을 하던 눈으로 볼 수 있는 것과 없는 것의 차이는 어마어마할 것이다. 나는 앞으로 살아갈 아름다운 날들을 모두 눈에 담고 싶다. 하나도 놓치지 않고 생생하게.

그날부터였다. 생각을 하고 자료를 찾기 시작했다. 내가 앞으로 하고 싶은 것들, 할 수 있는 것들을. 무언가를 배우는 것부터 해보기로 했다. 그래서 시작한 것이 꽃 어레인지. 이 아름다운 꽃을 나의 시력이 살아있는 한 마음껏 만지고 느끼고 보고 싶다.

◆

새로운 목표

"임신을 해야겠어. 그게 지금 현재로는 가장 현명한 답일 거라고 의사 선생님이 얘기하니까."

한국으로 돌아온 후 처음으로 건강검진 우편물을 받아들고, 산부인과로 향했다. 평소 생리통이 심해서 늘 진통제를 먹었던 터라, 그 이유가 궁금하기도 했다. 검진은 산부인과 암에 관한 것이었지만, 간 김에 부인과 관련하여 또 다른 검사를 했다. 결과는 자궁선근종, 선근증, 또는 근종. 좋지 않은 위치에 있으니 아이를 가질 수 없을 것이고, 치료방법은 자궁적출밖에 없다고 한다. 3차 병원에 가보란다. 병명조차 처음 들어보는 나에게 그 여자 선생님은 너무도 단호하게, 그리고 마치 꽉 막혀있던 수학 문제의 답을 대신 풀어준 것마냥 내 앞에서 의기양양해 했다. 그녀의 말투가 어이가 없었지만, 그보다 나는 내게 병이 있다는 사실이 절망스러웠다. 하루아침에 자궁에 문제가 있다는 진단을 받으니, 갑자기 그때까지의 나의 삶이 떠오르며 괜히 서러웠다. 태어나 처음 보는, 그리고 너무나도 냉정한 그녀 앞에서 펑펑 울었다.

한참 동안 여의사의 책상 위에 있는 곽 휴지를 뽑아대며 끊임없이 흘러나오는 눈물과 콧물을 닦아댔다. 겨울이었다. 몸도 추웠고, 마음도 추웠다. 집으로 돌아와 남편과 상의를 했다. 남편은 화가 난 듯했지만 무슨 생각을 하고 있는지 알 수가 없었다. 빠르게 3차 병원에서 다른 의사 선생님을 만나고 그의 조언을 듣고 아이를 갖자고 말했다. 그러나 남편은 불쾌해했다. 나의 건강 상태보다 남의 집 은밀한 사생활에 끼어드는 의사의, 아니 다른 남자의 말이 싫었던 것이다. 그는 그랬다. 하지만 나에게는 목표가 다시 생겨나는 순간이었다. 그동안 찾지 못해 허덕이던 그 '목표'라는 게 다시 생겨서 다행이라는 생각도 들었다.

"임신을 하면 증상이 완화되고, 통증이 사라질 수 있습니다. 빨리 임신 시도를 하세요. 지병도 있고 나이가 있으시니, 의사의 도움을 받으세요, 그리고 가장 중요한 것! 스트레스를 받으면 안 됩니다!"

아이를 갖고 싶은 마음이 없었는데 생겨났다. 몸은 아팠지만 새로운 목표가 생겨서 기뻤다.

✦ 주사기

'기쁘다니 말이 돼?'

'여자의 정신이 이상해지지 않고서야 말이 되는 이야기인가?'

당시 여자는 귀신이 쓰였던가. 현실을 정확히 인지하지 못하고 있는 듯했다. 그녀는 좀 그런 면이 있었는데, 상대가 A라고 말하면 B라고 알아듣는 경향이 있긴 했다. 분명 의사 선생님에게 자궁에 큰 문제가 있다는 말을 들었음에도 불구하고 무슨 일인지 기뻤다.

찬찬히 여자를 살펴보자. 처음에 여자는 그 어이없는 여의사의 감정 없는 말에, 아니다. 그 '잔인한 웃음(실제로 그녀는 웃었다)' 앞에서 꺼이꺼이 통곡을 했다.

"아니, 생리 양도 이렇게나 많고…. 몸이 이 난리인데 몰랐나요? 하하하"

여자는 그 후로 2차, 3차 병원을 돌아다니며 다른 선생님들의 조언을 들었다. 자신과 맞는 선생님을 찾으러 눈을 부릅뜨고 샅샅이 돌아다녔다. 모든 여의사가 그렇진 않을 것이지만 '여자의 적은 여자'라는 말을 직접 경험하고 나니 적어도 그 잔인한 여의사 같은 사람은 아니었으면 했다. 독이 올라 있었다. 그러다 근황을 묻는 친구의 메시지에 한순간 힘없이 무너졌다. 백화점 한구석에 찌질하게 쭈그리고 앉아 눈물 콧물을 흘리며 소리죽여 울어댔다. '꺼이꺼이!' 가벼운 안부 메시지에도 서럽게 터져 나오는 울음. 그러니까 자궁 이상 진단을 받은 건 전혀 기쁜 일이 아니었다.

'아…, 도대체 여자가 왜 이럴까?'

조금 더 생각해 보니, 여자는 여기저기를 찾아다닌 결과 마음에 맞는 의사 선생님을 만나서 기뻤나 보다. 그 선생님의 말씀에 마음의 위안을 얻었고, 희망을 품을 수 있어 기뻤나 보다. 절망 속에 찾은 희망.

"임신을 할 수 있어요! 임신을 하면 선근종도 완화될 수 있습니다!"

라는 말에 환희를 느꼈나 보다. 자신을 살려 줄 동아줄이라고 생각했나 보다. 그녀가 선택한 주치의는 여자와 충분히 상담을 했고, 그녀의 의견을 최대한 반영해 주었다.

"저희는 쌍둥이를 원하지 않아요. 그러니 선생님, 과배란 약의 세기를 약하게 해주세요."

그녀의 주문에 의사 선생님은 본인의 의견을 제시했고, 서로의 접점을 찾아 치료와 약 처방을 병행했다. 앞서 말씀드렸듯이, 의사 선생님에 의하면, 임신이 충분히 가능하고, 여자의 자궁 문제도 임신을 하면 나아질 거라 했다. 그들 (여자와 의사 선생님)의 희망 프로젝트는 그렇게 시작되었다.

여자와 함께 같은 집에서 사는 남자. 여자가 임신을 하는 데 무관하지 않은 남자. 남자는 여자의 일에 별 관심이 없어 보인다. 그는 일이 우선이다. 여자의 임신과 병은 의사가 알아서 책임져 줄 것이라 그나마 한번은 생각하는 듯했다. 그렇다. 그의 생각대로, 여자는 열심히 병원에 다녔다. 약한 도즈(세기)로 시작된 임신 시도는 몇 달 후엔 인공 수정으로 바뀌었고 그 후 또 몇 달 후엔 시험관 시술로 바뀌었다.

여자는 병원에서 일러준 대로 가루약과 물약을 섞어 약

을 제조했고, 정해진 시간에 맞춰 주사기를 배에 찔러대기 시작했다. 처음엔 긴장되었던 '배 찌르기'는 어느 순간부터는 친근해졌다. 길고 굵게만 보였던 무시무시한 주삿바늘이 은빛 찬란한 빛으로 보이기 시작했다. 약이 흘러나오는 뾰족하고 차가운 바늘 끝을 피부에 대는 순간은 여전히 긴장되었지만 동시에 기쁘고 희망적이기도 했다.

주사기는 이제 여자와 언제 어디든 함께했다. 지인의 파티에 초대되었을 때에는 그 집 화장실에서, 여행을 갔을 땐 기내 화장실에서 시차를 계산해 가며 주사기를 잡기도 했다. 과정이 평화롭지 않았음은 인정한다. 그러나 그때는 그럴 수밖에 없었다. 당연히 마음이 언제나 좋지는 않았다. 배란 촉진제 약물이 피부를 뚫고 몸속으로 들어갈 때마다 실험대상이라도 된 듯 몸이 고깃덩어리처럼 느껴지기도 했으니까. 사실 몸도 많이 아팠다. 약물로 지병(선근증)이 점점 더 심해지는 것 같았다. 자궁의 크기도 병으로 더 커지고, 생리통과 출혈량이 더 심해지는 것 같았다.

그러나 남자에게는 아프다고 말하고 싶지 않았다. 인터넷 맘카페에 올라온 글 속 배우자들의 지극 정성스런 보살핌이 부러웠지만 그건 그녀에게 해당하지 않았으므로 포기를 연습했다.

여자는 병원을 참 오래 다녔다. 십 년이면 강산이 변한다는데 어느덧 사십 대 중반이 되어 있었다.

"시험관을 몇 번 시도했어요?"

어렵게 나의 사정을 털어놓자 지인이 물었다.

"몇 번이었더라…. 잘 기억이 나지 않아요. 열 번이 지나면서 세지도 않았어요. 열다섯 번에서 스무 번 사이겠죠. 그 사이에 자궁 수술도 두 번 했으니…. 시간이 오래 걸렸어요. 결국 성공하지 못했지만요."

이 오랜 과정에서 임신에 성공한 적도 있었다. 그러나 관리 잘못인지, 무슨 이유인지 모르게 유산을 했다. 처음 유산을 했을 때는 마음이 아팠지만, 워낙 초기였고, 어쩔 수 없었다고 생각하며 마음을 다잡았다. 남편도 여자의 임신과 유산에 완전히 무관심하지는 않은 듯했다. 그러나 별 반응을 보이지 않았다.

그런데 문제는 두 번째 유산부터였다. 어렵게 두 번째 임신이 되었고, 여자는 첫 번째 유산의 악몽을 떠올렸다. 임신을 했는데도 여자를 돌보지 않는 듯한 남자의 자기중심적인 태도에 화가 났다. 그는 여자가 임신한 사실에 잠깐

관심을 두는 것 같더니 이내 다시 무관심해졌다. 자신이 가장 중요한 사람이므로 자신의 기분과 여가가 언제나 최고의 관심사이다. 여자는 그런 그의 태도에 분노로 치를 떤 적이 있다.

그렇게 임신과 유산을 반복했다. 그러나 그녀는 희망을 버리고 싶지 않았다. 그건 본능과도 같은 것이었다. 결심했으므로 이루어 내야 하는 본능? 또는 생명 복제를 위한 본능? 어느 쪽이었든 십 년간 그녀는 본능에 충실했다. 자신이 지니고 있는지도 몰랐던 그런 본능.

그녀에게는 모든 일에 논리가 필요했다. 납득이 되지 않으면 시도조차 하지 않는 습관이 있으므로 감정적으로 큰 일을 결정하는 일은 거의 없었다. 시험관 시술은 충분히 논리적이라고 생각했다. 적절한 양의 약물과 적절한 시기에 데이터에 맞춰 잘 짜인 스케줄대로만 하면 해결되는 아주 논리적인, 그런 일. 그런데 예상과 달리 결과는 늘 불합격이었다. 참 이상했다. 이해하기 힘들었지만, 더 노력을 해야 한다고 생각했다. 왜 그런 생각에 빠졌을까?

그녀 주위 지인 가족들은 모두 아이들이 있었다. 결혼 후 십 년 이상 임신이 되지 않던 부부들도 그녀를 만난 후 임신을 했다. 힘들 거라는 의사의 말과 임신에 성공한 지인들의 임신 소식에 여자는 점점 더 자신을 고립시켰다.

'나는 남들만 임신시켜 주는 사람인가? 왜 날 만나는 사람들은 모두 임신을 하는데 나는 못 하는 걸까?'

그녀는 점점 사회활동을 접고, 사람들을 만나지 않았다. 철저히 혼자가 되었다. 남자는 그 일을 여자만의 프로젝트로 규정지었다. 주위에 여자의 사정을 아는 이는 아무도 없었다. 여자와 남자의 직계 가족조차도. 여자는 오직 혼자 그 일에 매진했다. 주삿바늘만이 그녀의 유일한 동반자였다.

◆

악마와 천사

내 안에 악마가 살고 있지 않을까?

그때 즈음 나는 분명 무언가에 씌인 것이 분명하다. 내가 하는 생각은 내가 아니었고, 내가 하는 말 또한 내가 아니었다.

"이번에 또 실패야. 나 이제 어떡하면 좋아? 흑"

눈물이 후드득 떨어졌다. 기대하던 임신이 또 실패했다. 모든 희망이 또다시 사라지는 것 같았다.

"우크라이나로 가자. 그곳에서 대리모를 구하는 게 더 확실할 것 같아."

앞이 보이지 않았다. 고개를 숙여 울고 있는 나에게 남편이 순간 제안을 한다. 여자를 달래기 위함인지 임시방편의 말이 남편의 입에서 그렇게 터져 나왔다. 말도 안 되는 소리는 아니지만, 말이 안 되게 힘든 여정이다. 나는 정말 화가 났다. 내 안에서 솟아나는 분노는 누굴 향해 있었던 걸까? 아마도 나. M! 남들 다한다는 임신을 못 하는 나를 향해 있었다. 분노의 눈물이 흘렀다. 남편이 우크라이나로 가자며, 내 어깨를 감쌀 때 나는 강하게 뿌리쳤다. 분노로 앞이 보이지 않았다.

'멍청한 년! 쓰레기 같은 년! 너는 아무짝에도 쓸모없는 년이야! 그냥 죽어! 죽어 버려!'

아마도 속으로 그렇게 얘기하고 있었던 것 같다. 나를 미워하고 저주했다. 사정없이 나에게 돌을 던지고 화살을 쏘아댔다. 나를 그냥 쓰레기로 취급했다.

그의 손길을 강하게 뿌리치고 일어나 욕실로 향했다. 밀쳐진 손이 허공에서 돌다 털썩하고 떨어졌을 것이다. 그에게도 분노를 표출했다.

'너는 도대체 나한테 얼마나 신경 썼니? 너는 날 위해 정말 뭘 했니? 너는 이 모든 과정에서 도대체 어디서 뭘 했니?'

속으로 외치고 또 외쳤다. 나를 미워하고 학대하고 그를 미워하고 학대했다. 나를, 그를, 모두를 이 세상 전부를 쓰레기로 치부해버렸다. 미칠 듯이 괴롭고 분노가 올라왔다. 그러더니 이내 한없는 죄책감과 좌절감으로 제발 땅속으로 사라지고 싶었다. 욕실로 뛰어 들어가 문을 잠갔다. 차디찬 욕실 바닥으로 무릎이 떨어졌다. 하얀 욕조를 부여잡았다.

"아아악!"

소리 내어 울었다. 짐승처럼 울었다. 내 안에 살고 있는 검은 악마가 소리쳤다.

남편이 말했다.

"당신은 더 이상 나를 사랑하지 않아."

"그게 무슨 말이야."

"Je t'aime bien." "난 당신을 아주 좋아해!"

"그래, 그래! 바로 그거야. 당신은 나를 사랑하지 않아!"

"당신을 사랑해"가 입 밖으로 나오지 않았다.

"우리 이혼해!" 남편이 말했다.

"그래? 좋아!" 나도 툭 하고 내뱉었다. 내가 한 말이 아니다.

스스로도 놀라 눈이 똥그래졌다.

분명 무언가에 의해 철저히 조종당하고 있었음에 틀림

없다. 내가 하는 말과 행동은 내 의지로 한 것이 아니다. 악마의 소행이라 생각했다. 하지만 이제와 회상해보니 악마가 아니라 천사였을 수도 있다는 생각이다. 천사가 나를 살리러 온 것임에 틀림없다. 더 이상 더 깊은 지옥으로 걸어가지 못하게 내 앞을 막았음에 틀림없다.

남편도 마음을 바꿨음이 틀림없다. 함께 지옥으로 떨어지기 싫었을 것이다. 그가 헤어지자고 했다. 남편의 회사생활도 불안정해졌다. 구조조정으로 언제 해고될지 모를 상황이었다. 아니 이미 절차가 진행되고 있는 듯했다. 남편은 회사와 협상을 위해 이런저런 제안을 하며 마지막 끈을 부여잡고 있었다. 내 탓이라고 했다. 상하이로 올 것이 아니라 홍콩으로 갔어야 했다고 한다. 모두 다 나 때문이라고 했다. 나를 원망했다.

그런 그가 안쓰러웠다. 무얼 어떻게 도와줘야 하는지 모르겠지만 도와주고 싶었다. 그러나 남편은 이미 원망으로 가득 찬 시커먼 눈동자로 나를 바라보며 말했다.

"Je t'aime plus!" "더 이상 너를 사랑하지 않아!"

악마의 소용돌이에서 우리는 죽지 않고 살아남았다. 그는 그대로, 나는 나대로. 나는 당분간 아플 것이다. 그는 모르겠다. 그럴 수도 아닐 수도…. 나의 입과 몸이 의지와 반하게 마음대로 움직였던 그때를 회상해본다. 내가 느꼈던 악마가 천사가 아니었을까 하고 반문하는 순간들이 간혹 있다. 바로 우리에게 일어난 일이 운명이라고 느낄 때. 이 모든 것이 삶이 나에게 주는 레슨이라고 느낄 때. 그리고 나를 억압했던 과거를 이제는 정면으로 찬찬히 들여다볼 수 있는 용기가 생길 때….

◆

수퍼우먼

나는 뭐가 그리 미안할까? 이혼은 남편이 하자고 했다. 나는 동의했을 뿐이다. 그런데 왜 미안할까? 결혼생활이 파멸로 이어진 건 내 잘못이라고 생각했기 때문일까. 나는 결국 그가 원하는 수퍼우먼이 되지 못해서일까. 나를 가정과 커리어 그 어느 것도 이루어내지 못한 완전한 루저라고 생각할까. 수퍼우먼은커녕 찌질한 우먼도 되지 못한 완전히 실패한 존재. 그 자체.

우리의 관계가 파멸에 이르기까지 전조 증세가 있었다. 그러나 애써 외면했다. 언제부터인가 해마다 한두 번은 심하게 싸웠다. 매번 조금만 더, 한 번만 더를 외쳤다. 조금만 더 참자. 나는 참는 데에 이젠 이골이 난 사람으로 변해갔다. 남편에게 가졌던 답답함과 반발심은 새로운 사람들을 만나도 더 이상 아무 감정이 느껴지지 않을 정도로 변해있었다. 웃음은 오래전에 잃어버려서 이젠 입꼬리도 올라가지 않았다. 타인과 생각을 나누기도 싫었고, 그저 무기력했고 아무런 감정도 느껴지지 않았다.

"He wants a divorce." "이혼을 하재."

"Really? Do you know why?" "정말? 왜? 이유를 알아?"

"Yes, I do. It's because I don't work now." "응 알아, 내가 지금 일을 안 하고 있어서 그래."

"Look at me M. I don't work either. My friends don't work. That's not a problem." "뭐야? 날 봐. 나도 일 안 해. 내 친구들도 일을 하지 않아. 그게 문제가 아닐 텐데."

"Actually, It is. He's so sensitive about money." "사실 그는 돈에 굉장히 민감한 사람이야."

"Really? He loves money?" "그래? N은 돈을 사랑하니?"

"……."

"M. He's not a happy person. It's not your fault." "N은 행복한 사람이 아니야. 네 잘못이 아니라구."

친구의 말은 의외였다.

몇 안 되는 가까운 친구 중 하나이다. 우리는 커플끼리 자주 왕래를 했었다. 친구의 눈에는 남편이 평소에 정말 행복해 보이지 않았나 보다. 함께 만날 때마다 늘 즐거웠다고 생각했는데 남편과 헤어진다고 하니 그녀가 본심을 이야기했다. 그도 그럴 것이 남편은 캐나다 지인들과의 자리에서 자주 어색해 보이긴 했었다. 아마도 영어로 대화하다 보니 본인이 표현하고자 하는 바에 한계가 있어서였다고 생각했다. 그런데 이상하다. 나보다 훨씬 더 영어를 더 잘하는데 말이다. 이유는 나도 잘 모르겠다.

"내가 아는 프랑스 친구들은 모두 다 이혼했어. 벨기에에 있는 내 친구들 말이야. 남편들이 그렇게 가정을 다 저버렸어. 프랑스인들은 그런 것 같아. 그냥 조금만 트러블이 있으면 헤어져 버리더라구. 아이들이 있는데도 아주 쉽게 말이지."

"그래?"

프랑스인들이 결혼에 대해서 회의적이고, 개방적인 남녀 간의 관계를 맺고 있다는 걸 나도 모르는 바가 아니다. 주위에 몇십 년을 함께 살다 헤어진 커플, 결혼을 했거나 같이 살다가 따로 살며 오히려 더 좋은 관계를 유지하는 커플, 이혼하고도 다시 관계를 유지하는 커플 등 다양한 모습으로 사는 친구들이 있기는 하다.

그와 결혼을 한다고 했을 때 주위에서 염려했던 부분이 바로 이런 문제였다. 쉽게 만나고 헤어지는 그들의 문화. 그러나 다정한 남편의 부모를 보고 나 또한 그들의 아들인 남편과 다정한 관계를 이어갈 수 있을 거라고 생각했다. 착각이었다.

"아무튼 우리는 너희가 헤어지길 원하지 않아. W가 함께 골프를 치러 갔으니 무슨 말이 있겠지."

남편은 친구의 남편과 가끔 스크린 골프를 친다. 골프를 치고 돌아온 남편과 W. 다음날 친구에게 물어보니 남편이 우리 관계에 대해 입도 뻥긋하지 않아 아무 말도 듣지 못했고 아무 말도 하지 못했다고 한다.

"He wanted me to be a Superwoman but I couldn't make it." "남편은 내가 뭐든 다 잘 해내는 수퍼우먼이 되길 바랐던 것 같아. 그런데 난 그러질 못했어."

"He needs much better woman than me." "그 사람한테는 아마 나보다 더 멋진 여자가 필요할 것 같아."

내 꿈은 평온한 가정의 주부로 사는 것이었다. 커리어도 잘 쌓으면 좋겠지만 그것이 내 삶의 궁극적인 목표는 아니었다. 나는 내 모습을 있는 그대로 사랑하는 따뜻한 배우자와 귀여운 아이가 있는 평범한 가정을 꿈꿨다. 나의 부모와의 삶에서 경험하지 못한 따뜻하고 사랑스러운 삶이 있는 그런 가정을 이루고 싶었다.

그런데 아니었다. 그에게는 그런 건 별 의미가 없어 보인다. 아이는 중요치 않은 존재이고 오직 돈과 모든 면에서 세련된 스타일을 유지할 수 있는 가정이 목표로 보인다. 그가 원하는 가정은 나의 것과 너무도 차이가 나는 듯했다. 아무리 절규를 하며 "제발 날 그냥 좀 내버려 둬!"를 외쳐도 그는 포기하지 않았다. 그는 그 무엇보다 커리어를 잘 쌓고 돈을 잘 벌고 그의 눈에 차는 스타일리쉬한 여자, 그에게 모든 면에서 완벽한 그런 수퍼우먼을 원했다. 오래전부터 가지고 있던 평범한 가정주부로서의 내 꿈이 그의 것과 맞을 리가 없었다.

남편의 압박이 느껴질 때마다 나는 청개구리처럼 반대로 행동했다. 남편의 꿈을 대신 이루어주는 도구이기를 거부했다. 회사를 차려 서비스나 상품을 팔기를 원했던 그가 나에게 무던히도 이것저것을 하라고 외쳐댔다. 전통가방,

화장품, 와인, 브랜딩 컨설팅 등등 웹사이트 구축해서 인터넷으로 팔기를 시도했다. 처음부터 흥미가 가는 것이 있었어도 상상과 현실의 괴리감 앞에서, 수시로 느끼는 압박 앞에서 흥미를 잃고 중도에 포기했다. 그러기를 반복했다. 그런 내 모습에 나 또한 좌절과 실망을 했다. 모르는 것 투성인데 결국은 모든 걸 혼자 해결하는 현실이 버거웠다. 그리고 언제부터인가 그 무엇도 시도조차 하지 않는 지경에 이르렀다.

그가 원하는 수퍼우먼이 되기를 나는 거부했다. 그의 꿈을 따르고 지지해주지 못했다. 그런 나 때문에 그도 많이 힘들었을 것이다. 그래서 참 미안하다. 그러나 어쩔 수 없었다. 말 그대로 그건 그의 꿈이었을 뿐 나의 꿈이 아니었기 때문에….

✦

상담실

"남편은 소파에 앉아 있어요. 저는 멀리 떨어진 다이닝
룸 식탁 의자에 앉아 있고요. 서로를 바로 보고 있어요. 밀
로는 저희 사이 중간쯤 벽 앞에 있는 강아지 쿠션에 폭 들
어가 앉아서 저와 남편을 번갈아 가며 봐요. 셋이 모두 제
각각 서로를 바라보고 있어요. 무겁고 건조한 공기가 흐르
고 있어요."

"3개월만 나에게 시간을 줘. 한국으로 가."

"그게 무슨 말이야? 내가 한국 어디로 가? 한국이 내 집
이야? 한국에서 어디서 지내라는 말이야?"

"몰라! 언니 집에 있든, 강릉으로 가든, 호텔에서 지낼 수
도 있잖아!"

"밀로는 어떻게 하고?"

"밀로는! 밀로는 여기 캐널Kennel에 맡기면 되잖아! 뭐가 걱정이야?"

"3개월을 밀로를 거기에 맡긴다고? 비용이 얼만지 알아?"

"그냥 제발 나에게 3개월만 시간을 줘! 나도 앞으로 어떻게 해야 할지 생각할 시간이 필요해!"

남자는 주먹을 꽉 쥔 손을 있는 힘껏 내리쳤다. 한 번! 두 번! 세 번! 너무나 세게 쳐서 푹신한 소파에 부딪힌 주먹이 반등해서 하늘로 치솟았다. 분노가 터져 나와 함께 치솟는다.

"마음 같아선 지금 당장 파리로 가서 알아보고 싶지만, 먹여 살려야 하는 사람과 동물이 있으니 여기서 해야 해! 그러니 제발 나한테 시간을 달라고!"

"그게 무슨 말이야? 따로 살자는 말이야? 그건 헤어지는 거야!"

"그게 뭐가 헤어지는 거야! M, C 커플을 좀 봐. 같이 그렇게 오래 지내다가도 지금 따로 잘 지내고 있잖아!"

"난 그렇게 못해! 따로 살면 헤어지는 거야. 난 셀린이 아니라고! 난 프랑스 여자가 아니야! 한국 여자라고, 알아?"

"따로 살아도 잘 살 수 있어. 그게 뭐가 어때?"

"미안한데, 난 그렇게 못해! 헤어지면 끝이야."

10년 전이었다. 살기 위해 떠났던, 한국으로 다시 살아보기 위해 돌아왔다. 내가 풀어야 할 숙제 같은 것이었다. 한국에서 좋은 기억을 만들기. 그러나 돌아오니 떠나기 전의 상황과 크게 달라진 게 없는 것 같았다. 겉모습은 많이 발전해 있었다. 카페에서 주문한 케익이 적당히 달아서 예전처럼 시럽을 추가하지 않아도 되었고, 쇼핑을 했던 6층짜리 패션 건물이 송두리째 사라지고 새 건물이 들어섰으며, 전엔 없었던 통유리로 된 신식 건물들이 즐비했다. 자고 일어나면 새로운 트랜드가 생겨났다.

그런데 그 안에 자리 잡고 있는 본질은 변하지 않은 듯했다. 여전히 집안 배경이 중요하고 여전히 학벌이 중요하고 여전히 잔말 말고 사회의 틀 안에서 살아가는 것이 중요해 보였다. 답답해 보였지만 그래도 여자는 희망을 품고 다시 한번 이곳에서 살아보고 싶었다. 그러나 처음부터 만만치 않았다. 틀에서 벗어난 여자는 변해버린 자신을 사회의 틀에 맞추지 못해 힘들었다. 남자와의 관계도 갑자기 롤러코스터를 탔다. 힘든 일은 늘 겹쳐서 오는 게 맞긴 하나 보다. 찌질해 보이는 여자에게 남자가 말했다.

"거울을 좀 봐! 너 얼굴을 좀 보라고! 그게 뭐야?"

거침없이 내뱉는 남자의 말에 여자는 더 날고 뛰었다.

"그게 지금 나한테 할 말이야? 너는 혼자 살아야 해! 누구와 함께 살 존재가 못돼!"

"그래 이혼하자!"

"너 지금 뭐라고 그랬어? 이혼? 이혼이라는 말이 그렇게 쉽게 나와?"

"네가 하는 걸 좀 봐!"

"미쳤어? 이혼하자고? 그래 이혼해!"

그날 여자는 밖으로 뛰쳐나왔고, 남자는 피붙이 하나 없는 하늘 아래에 철저히 혼자 버려졌다.

캐나다에서 한국으로 온지 몇 개월만의 일이다. 여자는 캐나다에서 함께 살며 남자의 말을 많이 따랐다. 불만이 있어도 인지를 하지 못하고 살았다. 한국으로 오고 한국어를 못하는 남자를 도와주며 스트레스가 쌓여갔다. 남자가 원하는 요구사항이 얼토당토하지 않거나, 프랑스인 특유의 그 고집과 한국문화가 맞지 않아 중간에서 해결하느라 곤

란했던 적이 여러 번이다. 여자 본인도 다시 한국 사회에 적응하기 힘든데 남자의 문제까지 도맡아서 해결해야 하니 두세 배로 힘들었다. 나날이 쌈닭이 되어갔고 그러니 얼굴은 일그러져만 갔다. 남자의 말이 맞았다. 여자의 얼굴은 스스로도 쳐다보기 힘든 만큼 신경질적이고 어두워 보였다.

홍대에서 술 취한 남성이 남자에게 시비를 걸자, 여자가 짠하고 나타나 대신 싸웠다. 아파트단지에서 한 남성과 싸움이 붙자 여자가 달려가 남자를 대신해 또 싸웠다. 심장이 뛰고 씩씩 소리가 났지만 그렇게 했다. 여자의 본성과 반했지만 계속 싸워야 했다. 남자를 위해 여자가 해야 할 일이라고 생각했다. 그래서 얼굴이 그렇게 변했다. 남자 때문이다!

집을 뛰쳐나와 지인 언니 집으로 달려갔다. 그날 밤을 그곳에서 지내며 고민을 털어놓았다.

"너희 부부 맞니? 사는 얘기 들어보면 너무 이상해. 경제권을 넘겨주지 않는다는 건 너를 신뢰하지 않는다는 말이야. 그게 뭐니? 그게 부부야?"

언니와 얘기를 나누고 있는데 갑자기 남자에게서 연락이 왔다.

"집을 나가서 돈이 없을 텐데, 내 카드로 필요한 거 있으면 사용해."

여자가 남자의 카드를 쓰지 않을 거라는 생각을 했나보다. 한국이었지만 경제력은 남자가 더 좋았고, 그래서 경제권도 남자에게 있었다고 해도 과언이 아니었다. 남자는 집을 뛰쳐나간 여자에게 돈이 없다고 생각한 듯 부드러운 어조로 그렇게 메시지를 보냈다. 그의 말이 고맙기는 했다. 미안하기도 했다.

'한국에 가족도 없는데, 혼자 있으면 무서울 텐데…'

그러나 여자의 마음은 이미 만신창이가 되었다. 진심으로 고민하고 있었다.

'이 사람과 이제라도 헤어지는 게 맞지 않을까?'

언니는 여자에게 경제권이 없다는 말과 온기 없는 결혼생활의 이런저런 얘기를 들으며 내내 혀를 찼다. 여자도 언니의 말을 들으며 모르는 다른 부부들과 비교하기 시작했다.

'경제권은 부인이 갖는 게 정상이라는 건가?'

언니와의 대화에 이런저런 생각을 했다. 더 많은 이야기를 하고 싶었으나 언니도 남편이 있는 부인이므로 그 집에 더 있을 수는 없었다. 다시 집으로 돌아와 갈 곳을 생각했다. 본가에 갈 수는 없고, 이런 일로 연락할 지인이 없었다. 찜질방으로 향했다. 또 하룻밤을 그렇게 보내고 집으로 돌아오니 남자가 있다. 짐을 다시 챙겨 어디로 갈지를 생각했다. 결정을 하고 다시 나가려는 길을 남자가 가로막고 말했다. 가지 말라고. 함께 있어달라고.

"난 이미 당신한테 너무 실망했어. 그래서 지금 어떻게 할지 생각 중이야. 그러니 비켜줘. 내가 아직 생각을 다 하지 못했어."

"가지 마. 미안해, 내가 잘못했어."

"당신이 잘못한 건 없어. 당신은 그런 사람이야. 나한테 무얼 바라는지 알겠는데 나는 그런 사람이 아니야. 당신이 원하는 사람은 아마 프랑스에 있을 거야. 난 프랑스 여자가 아니야. 한국 여자라고."

"알았어. 알았다고⋯."

"잘 모르겠어 정말 당신이 알았다는 건지. 그리고 이혼한다는 말도 그렇게 쉽게 하는 걸 보니. 나랑 맞지 않는 것 같아. 아무리 기분이 나쁘고 싸워도 부부가 할 수 있는 말이 있고 절대로 하지 말아야 할 말이 있다고 봐. 그게 바로 이혼이라는 말인데. 당신 저번에도 나한테 그런 식으로 말했잖아. 헤어지자고? 이번에는 아예 이혼이라는 단어를 썼지?"

"아, 미안 알았어. 다시는 그런 말 하지 않을게. 정말 미안해."

그는 정말 미안해했다. 그런 그가 많이 안쓰러워 보였다. 진심으로 사과하고 있는 그가 불쌍해 보였다. 나도 그를 아직 사랑하고 있었나 보다.

"그래. 그럼 나한테 하나만 약속해줘. 우리가 싸워도 이혼이라는 단어는 함부로 내뱉지 말자. 그 단어가 또다시 나오면 그걸로 우리는 끝이야."

"알았어. 약속할게. 당신도 약속해. 좀 더 노력하겠다고."

"……."

그가 말하는 노력은 경제적인 것이었다. 돈을 더 벌어오라는 것. 결국 싸움의 발단은 돈이었다. 한국으로 오느라 깎인 월급으로 집 월세를 내고, 관리비에 생활비를 충당하면 남는 게 없었다. 여자가 일을 했지만 아직 자리가 잡히지 않았다. 여자의 잘못이 분명 있었다.

10년 뒤 상하이에서 우리는 같은 말을 하고 있었다. 원인은 또다시 돈. 돈을 벌기를 포기한 여자에게 잘못이 있다. 상하이에 배우자 신분으로 왔으므로 법적으로는 경제활동을 할 수 없다. 그러니 여자에게도 그럴듯한 이유는 있었지만 그건 남자가 알 바 아니다. 입으로는 이해한다고 해도 심장은 반대로 뛰고 있다. 여자도 알고 있었다. 쭉 처음부터. 아주 오래전부터.

상담 선생님이 물었다.

"지금 그때를 회상하니 어떤가요?"

"……"

"그때로 다시 돌아간다면 남편에게 해주고 싶은 말이 있나요?"

"미안하다고 말하고 싶어요. 혼자 많이 힘들었겠다고 말해주고 싶어요. 그리고 고마웠다고, 이제 원하는 거 마음껏 하면서 잘 살라고 말해주고 싶어요."

눈물이 빗물처럼 흘렀다. 소리 내어 꺼이꺼이 흘렀다.

신세계 앞에서

서러워서

두려워서

억울해서

아파서

후회돼서

분해서

그리워서

외로워서

추워서

마주보니

나도 모르게 눈물이 흘렀다

내 안에 눈물이 이렇게 많은지 몰랐다.

그동안 울지도 않고 어떻게 살았니?

— 벨플러

◆

신세계

"선생님, 과거에 받은 상처 때문에 힘든데 어떻게 잊을
수 있을까요?"

"그건 아주 쉬워요. 그 자리로 돌아가는 거예요. 저도 그
랬어요. 저에게 상처가 되었던 그 공간으로 수십 년 후에
찾아갔어요. 그곳에서 울고 있는 어린 저를 발견했죠. 그
아이는 거기에 그대로 있었어요. 수십 년 동안이나요. 저는
불쌍한 어린 저를 한참을 바라보고, 아이가 앉아서 울던 자
리에 앉아도 보고, 그렇게 아이를 달래주었어요. 그리고 그
때 제 상처가 치유된다는 걸 느꼈어요. 이제는 과거의 그
기억에서 완전히 해방되었어요. 과거는 기억 속에 그대로
남아 있지만, 더 이상 상처로 힘들어하는 저는 없어요. 과

거의 상처로 힘드시다면 그 장소에 다시 가보세요"

배우 문숙 선생님이 한국에서 강연할 때 한 질문자에게 답변한 내용이다.

처음엔 시선을 차단해 버렸다. 몇 주가 지났다. 버스 안에서 힐끔 곁눈질로 내가 살았던 아파트를 보았다. 거대한 건물은 당연하게도 아직 그 자리에 목석처럼 서있다.

'그럼 그렇지, 사라질 리가 없지….'

그리고 이내 다시 눈을 돌렸다. 마치 아무것도 보지 않은 것처럼….

또다시 몇 주 후, 퇴근하고 어쩔 수 없이 그쪽 방향으로 걸어가야 할 일이 생겼다. 이번엔 버스처럼 빨리 지나칠 수도 외면할 수도 없는 상황이다. 멀리서부터 실체를 드러내는 거대한 아파트. 앞으로 다가갈수록 30층짜리 높은 건물은 점점 더 선명해지더니 결국 내가 살았던 아파트 창문까지 보였다.

'그래, 저어기 보이는 저 창문 안에서 밖을 내다보고 있었는데…. 어쩐지 매번 기분이 이상하더니…. 어쩌면 그때 지금 이렇게 서 있는 미래의 나와 눈빛을 주고받지 않았을까?'

지층부터 '1, 2, 3, 4, 5…. 14. 그래 저기 저곳이야. 항상 저기서 밖을 바라봤었지. 광화문에서 출발한 시위대가 확성기 볼륨 높이 탄핵을 외치며 지나갈 때도, 저녁이 되어 화려한 도시 불빛이 세상을 밝힐 때도, 그곳에 있었다. 지금쯤이면 저녁을 먹고, 밀로 밥도 챙겨줘야 하는데….'

과거와 현재가 공존한다. 과거의 나와 현재의 내가 서로에게 시선을 고정한 채 바라보고 있었다. 그녀는 창문 안에서, 나는 신호등 앞에서. 차가운 겨울바람에도 얼굴이 뜨거워졌다. 눈물이 흘렀다. 처음으로 과거와 직면하는 순간이었다. 신세계백화점 앞 신호등에서….

벨플러

이름을 알려고 하지 마
그냥 바라보는 건 어때
꽃이 참 예쁘다
진분홍색 작은 꽃
꽃잎이 하나, 둘, 셋, 넷, 다섯
조그만 게 너무 귀엽다
이런 꽃이 있었네
멀리서도 보고
가까이 가서도 보고
꺾지 말고
그냥 내버려 둬
이름을 알아도 좋지만
모른다면 굳이 알려고 하지 마
그냥 보기만 해도 예쁘잖아

— 벨플러

◆

꽃 2

　지내는 곳 근처에 있는 산으로 올라갔다. 다시 서울로 돌아와 정착한 곳이 또 산 주위다. 이 산은 나와 그의 기억을 품고 있는 곳이다. 쉽게 오르지 않았다. 시간이 걸렸다. 이 산 말고 멀리 물이 있는 곳으로 가려고 했다. 그것도 쉽지 않았다. 다행인 것은 이 산은 꽤 크다는 것이다. 이름은 같지만 군데군데 다른 길이 있다. 그래서 그나마 시간이 지나 오를 수 있었다. 내가 찾은 길은 땅이 훤히 드러나 있는 곳이다. 그 속으로 들어가면 왠지 온전한 자연 속으로 들어선 기분이 든다. 인간의 때가 묻지 않은 오로지 자연만 존재하는 곳. 지내는 곳 근처에 이런 곳이 있었다니. 처음 이 길을 발견하고는 기분이 날아갈 것 같았다. 울창한 숲 사이로 햇

살도 보이고, 달님도 고개를 든다. 오솔길 같은 길을 걷다 거대한 나무와 마주하기도 하고 그 나무 위를 재주넘듯 넘나드는 청설모와 마주치기도 한다. 알 수 없는 새소리에 귀를 기울여 숨어있는 새를 찾아보기도 하고 어쩌다가 눈앞에 떡하니 앉아있는 파란 새를 보고 숨을 참기도 한다. '파랑새인가? 색이 너무 예쁘다!' 꿩 소리도 이제는 알아차리는 산 소리에 익숙한 산 사람이 되었다.

산에서 계절마다 피어나는 꽃들은 거의 모두 처음 보는 꽃들이다. 이름을 알 것 같은 것도 있고, 한 번쯤 어디선가 본 기억이 있는 꽃도 있다. 색도 형형색색 화려하다. 하양, 노랑, 분홍, 보라, 파랑, 빨강 등등. 이렇게 많은 꽃이 산에 있는지 몰랐다. 매일 매일 숲을 산책하다 보니 매일 숲속 자연에도 질서가 있다는 걸 알았다. 오늘은 하얀 꽃이, 내일은 노랑꽃이 주인이다. 하루는 밤이 떨어져 있기도 하고. 또 어떤 날은 새들이 겨울 양식을 열심히 준비한다. 처음 보는 예쁜 꽃이 궁금해서 사진을 찍어 언니에게 물어봤다.

"언니, 이 꽃 이름이 뭐야?"

"응? 몰라, 그냥 들꽃이야. 이름이 없을걸?"

"아 그래? 들꽃."

이름이 없을 리가 없다. 인터넷으로 폭풍검색을 했다. 비슷한 꽃이 있었지만 내가 찾는 꽃과는 조금 다른 듯했다.

'이 꽃이 아닌데….'

다시 찾기 시작했다. 그리곤 문득 깨달았다.

'왜 나는 꼭 이름을 알아야 하지? 그 꽃은 이름이 없어도 너무 아름답잖아. 그냥 그대로 있게 내버려 둬.'

사람들이 만들어 놓은 이름의 틀에 갇혀버린 들꽃. 김춘수 시인은 "내가 그의 이름을 불러주기 전에는 그는 다만 하나의 몸짓에 지나지 않았다. 내가 그의 이름을 불러주었을 때, 그는 나에게로 와서 꽃이 되었다."고 했다. 아름다운 시이다. 그런데 갑자기 그 시가 불편해졌다.

내가 찾은 그 꽃을 사람들이 붙인 이름으로 속박하고 싶지 않다. 그냥 그대로 아름답게 내버려 두고 싶다.

◆

카페

"M, 프랑스로 가기 전에 너의 그 정신병?을 치료해야
돼. 앞으로도 그런 사람이 많을 텐데 어떡하려고 그래?"

친구가 말했다. 친구와 일로 만나다가 한동안 뜸해졌다.
친구의 시선이 부담스러웠기 때문이다. 나는 언제부터 남
자들의 시선을 불편해하고 위협적으로 느끼게 되었을까?
알던 사람이거나 친근한 관계였던 사람들의 눈빛이 바뀌
면 부담스럽다. 잘 모르는 지인이나 전혀 모르는 타인이 갑
자기 시선을 나에게 돌리면 가끔 공포를 느낄 때가 있다.
당연한 현상 아니냐고 생각할 수도 있지만 내 경우가 조금
유별나다는 걸 깨달았다. 혼자가 되어 몇 번의 경험을 통해
서이다.

새로운 이사 간 동네에 과일가게를 구경했다. 깔끔하고 탐스럽게 잘 정리된 과일이 마음에 들어 그곳을 한번 이용했다. 며칠 뒤 다시 그곳을 찾았다. 필요한 과일을 사고 계산을 하자 주인이 말을 건다.

"이곳에 새로 이사 오셨죠? 어디에 사세요?"

"…… ."

순간 벼락을 맞는 기분이었다. 나의 착각이었을까? 남자는 진심으로 나를 궁금해하는 듯했다. '그 수많은 사람들 중에 왜 나를?…' 공포가 파도처럼 엄습했다. 그 뒤로 그곳 근처에 가지 못했다.

평소 듣고 싶었던 강좌가 있어 등록했다. 20여 명이 있는 클래스에서 한 남자가 나에게 친절히 대했다. 다른 사람들에게도 친절히 대하는 모습에 원래 착한 사람일 거라는 생각을 했다. 이 사람이 어느 날 나에게 전화를 해서 말했다.

"애인이 되어 드릴게요."

"네?"

그 사람은 또 물었다.

"누나라고 불러도 되죠? 집 근처에 주차할 곳이 있어요?"

"뭐라구요? 그런 걸 왜 물어요?"

한국 사람들과의 교류를 다시 시작할 때라 그 사람의 말
이 잘 이해가 되지 않았다. 강의가 끝난 어느 늦은 밤, 지하
철역으로 혼자 걸어가는 나의 팔을 뒤에서 잡았다. 그 사람
이었다. 인기척도 느끼지 못했던 나는 소스라치게 놀랐다.
머리카락이 쭈뼛 서고 온몸에서 피가 사라지는 느낌이었
다. 소리를 지르지 않은 게 신기할 정도이다.

이후 그 사람에게 겉으로는 차갑게 대했지만, 속으로는
공포감에 몸이 얼어붙었다. 어느 날 클래스의 한 여자분의
팔을 잡아당겼다.

"언니, 잠깐만요. 저랑 함께 가요."

도움을 청했다. 엘리베이터에 있는 그 남자를 보고 숨이
멎을 것 같았다. 강좌는 끝이 났고 나는 그 사람을 더 이상
만나지 않아도 되었다. 다행이었다. 카페에서 컴퓨터를 정
리하고 자리에서 일어나기 전에 잠간 책을 읽을 요량이었
다. 옆 테이블에서 말을 걸어왔다.

"저기요, 뭐 좀 여쭤보려고 하는데요. 도대체 뭐 하시는
분이세요?"

"네?"

"아까부터 지켜봤는데 한 세 시간을 계속 뭘 쓰시던데,

소설가이신가요?"

"네?"

나를 아까부터 지켜봤단다.

"소설가세요?"

"아닙니다."

간단하게 답변을 마치고 책을 읽으려 했다.

"아닌데…, 맞는 거 같은데…. 이상하네…. 그럼 뭐 하시는 분이예요?"

"…… ."

'아니, 뭐야? 뭐 저런 걸 묻지?'

"아니, 뭐 하시는 분이예요? 정말 궁금해서 그래요."

'아…, 정말….'

"저, 백수예요."

빨리 대화를 끊고 싶어 간단히 대답하며 상황을 끝내고 싶었다. 그런데 그는 또 계속 질문을 하더니 결국 내가 어디에 사는지까지 물어왔다.

"이 근처 사시나 봐요. XXX 아파트에 사세요?"

"…… ."

읽으려고 펼쳐 든 책을 접으며 내가 말했다.

"죄송합니다. 밤이 깊어서 저는 이만 가봐야 할 듯합니다."

"밤이 깊기는 무슨….”

"나는 주식합니다. 사채도 하고요. 그 돈 빌려주는 사람 있잖아요 왜?"

"네….”

나는 물건을 챙기고 일어서며 간단히 목례를 하고 그 자리를 빠져 나왔다.

"후아…!”

참고 있던 숨이 터져 나왔다.

호텔 1층에 있는 그 카페는 자주 가는 카페보다 조용하고 집중이 잘 되었다. 좋은 곳을 찾았나 싶었는데 이게 웬일인가. 그래도 호텔 투숙객 같으니 얼마 후면 안 보일 수 있겠다 싶었다. 며칠 후 다시 찾은 카페. 다행히 그 사람이 보이지 않았다. 안심이 되었다. 그다음 날도 찾았다. 안보였다. 또 안심이 되었다.

'아! 아니 잠깐!'

왠지 익숙한 풍경이 눈앞에 어른거린다. 에어컨이 쌩쌩 돌아가는 카페 안이 너무 추워서 잠깐 밖에서 햇볕을 쬐는 사이에 일어난 일이다.

'헉!' 그 사람인 것 같다. 갑자기 심장이 뛰기 시작했다. '내가 잘못 본 걸까? 아니다! 아니다! 그 사람이 맞는 것 같다! 함께 있었던 조카인지 하는 청년도 보인다. 어떡하지? 어떡하지?'

핸드폰을 켰다. '전화를 해야겠다. 바쁜 척이라도 해야겠어! 누구에게 전화하지? 아무나! 나와 오래 통화할 수 있는 누구에게 제발!'

떨리는 손을 최대한 진정시키면서 최근 통화기록을 훑어 내렸다. 손, 머리, 심장이 따로 논다.

'이 친구? 아! 아니야! 아! 그래그래! 이 친구에게 하자!' 다행히 손이 머리보다 빨리 움직였다. 머리는 마비 상태! 심장은 벌렁벌렁!

"여보세요?"

"여보세요? 작가님!"

"네, 작가님! 많이 놀랐죠? 전화해서, 하하하"

"아니요."

"오늘 코칭 잘 받았어요?"

나는 최대한 일상적인 톤으로 이야기를 이어나가려고

애썼다. 그러나 숨은 계속 가빠라 왔다.

"아, 저기 작가님, 죄송해요. 제가 지금 숨이 잘 안 쉬어져서…."

"네? 작가님, 무슨 일이세요?"

"아, 네 사실은…."

들어가지도 못하고 밖을 배회하며 통화를 하는 동안 내 눈은 그를 찾고 있었다.

'어디에 있지? 어디에 있지?'

'앗! 저기 있다!' 그 사람이 다시 보인다. 나는 최대한 몸을 숨겨 잘 보이지 않는 위치에 섰다. 그 사람이 두리번거리더니 내 쪽을 향해 고개를 돌렸다. 그도 나를 찾고 있었던 걸까? 순간 숨이 멎는 것 같았다. '정신 차려! 정신 차려! 아무 일도 아니야!' 통화를 하며 동료 작가님께 내내 미안하다고 말하며 숨을 헐떡거렸다.

잠시 후 그가 택시를 타고 사라졌고, 나는 안도의 숨을 쉬었다. 그러나 놀란 심장은 아직도 펄럭거린다. 그날 저녁도 그다음 날도, 며칠 간 기분이 좋지 않았다. 생각해 보았다. 그는 나에게 아무것도 하지 않았다. 나는 왜 공포에 떨었을까? 스스로 연약하고 힘이 없다고 생각한 걸까? 한국

여성 상담센터에 전화를 걸었다. 나를 분석해봐야겠다. 치유를 하던 치료를 하던 뭐든 해야겠다는 생각이다. 더 이상 그렇게 살고 싶지 않았다.

✦

가로등

한 아이가 있다. 다섯 살, 여섯 살 즈음으로 보인다. 동네 친구들과 숨바꼭질 놀이를 하고 있다.

"하나, 둘, 세, 넷, 다섯…."

술래가 된 친구가 숫자를 세는 동안 어딘가에 숨어야 한다. 함께 있던 친구의 삼촌이 숨을 곳을 찾아 지나가는 나를 향해 손짓했다.

'이쪽으로 와. 여기 공간이 넓어.'

그 삼촌의 손짓을 따라 그곳으로 함께 모습을 감춘다. 술래가 숫자를 모두 세고 아이들을 찾으러 다니기 시작했다. 삼촌이 검지 손가락을 세워 자신의 입술에 댄다.

"쉿!"

친구는 아이와 삼촌이 숨어있는 공간 앞을 지나쳐 다른 곳으로 간다. 아이와 삼촌은 안도의 숨을 내쉬었다. 친구가 다른 곳으로 간 사이 삼촌이 아이 쪽으로 손을 뻗는다. 아이가 입고 있는 티를 걷어 올려 가슴을 만지더니 젖꼭지를 만진다. 아프고 이상한 느낌이 들었다.

"조용히 해."

아이는 기분이 이상했지만 무슨 일이 일어나고 있는지 알지 못한다. 갑자기 친구가 아이가 숨어있는 곳 앞에 멈췄다.

"여기 있지?"

들켰다. 아이는 얼른 일어나 좁고 어두운 공간을 뒤로한 채 밖으로 나간다. 친구의 삼촌이라는 사람을 그날 처음 보았고, 그 뒤로는 한 번도 더는 보지 못했다. 어린 아이는 그 일을 아무에게도 말하지 않았다. 무슨 일이었는지 몰랐다. 수십 년 동안 잊고 살았는데 40대의 어느 날 마법처럼 무의식 속에 있던 그때 그 아이가 떠올랐다.

'그때 그게 뭐였지? 내가 그때 느꼈던 이상한 감정이 무엇이었지?'

그 아이는 자라면서 수차례 성폭력의 경험을 가지고 있

다.《82년생 김지영》을 읽고 내가 겪은 것은 책의 몇 배는 더 된다고 중얼거렸었다. 한번 나열해보자.

그때 그 일을 시작으로 초등학생 때 1번, 고등학교 때 1번, 대학생이었을 때 여러 번, 사회생활을 하면서 또 여러 번. 지겹다.

그리고 그 무엇보다 더 충격적인 사건이 있었다. 대학생 때 겨울이었다. 버스에서 내려 후드점퍼 모자를 눌러쓰고 깜깜한 겨울밤을 걷고 있었다. 집에 거의 다 왔지만, 집 앞 가로등이 꺼져있어 앞이 잘 보이지 않았다. 무서웠다. 그래도 조금만 더 가면 되니 차갑게 후려치는 겨울바람을 피하며 종종걸음으로 걸어가고 있었다. 농촌이라 길옆으로 자라는 벼를 보호하기 위해 가로등은 밤새도록 켜놓을 수가 없다고 했다.

마을에서는 대책을 마련했다. 일정한 시간 간격을 두고 가로등이 자동으로 켜지고 꺼지는 시스템이었다. 그리고 매일 가로등 스위치를 올리고 내리는 일은 수동으로 우리 집에서 해야 했다. 그날은 사방이 깜깜했다. 엄마가 집에 없어서 스위치를 올리지 않았거나, 꺼져있는 타임이거나 둘 중 하나이다.

집에 거의 다다랐을 때였다. 갑자기 뒤에서 누군가 내 입을 있는 힘껏 틀어막았다. 그리고는 벼가 다 베어져 허허벌판인 근처 논으로 나를 끌고 갔다. 나는 안간힘을 다해 벗어나려고 발버둥을 쳤지만 그놈의 힘을 당해낼 재간이 없었다. 입을 꽉 틀어막은 손가락이 가는 것으로 보아 대학생인 나보다 어린 게 분명했다. 그래도 그놈은 초인의 힘으로 나를 압박하고 있었다.

'누굴까?'

순간 동네에 사는 나보다 어리고 말썽을 잘 부리고 다니는 친구가 생각났다. 그런데 그게 그 친구라는 증거가 없다. 그런 생각을 하면서도 나는 계속 발버둥을 쳤다.

'제발 누군가가, 아니 차 한 대라도 지나가길!'

깜깜해서 아무것도 보이지 않았다. 저항하며 힘을 빼기보다 틈을 노리는 게 낫겠다는 생각이 순간 들었나보다. 나는 발버둥을 멈췄다. 그 놈이 이끄는 곳으로 질질 끌려갔다. 그러나 포기하지 않았다. 잠시 뒤 그 놈이 내가 힘이 빠져서 안심이 되었는지 입을 막고 있던 한 손을 풀어 내 점퍼를 잡았다. 옷이라도 벗길 생각이었을 것이다.

나는 그 순간을 놓치지 않고 있는 힘껏 몸을 돌려 그놈의 손아귀에서 가까스로 벗어났다. 놈은 균형을 잃고 비틀거리며 나를 놓쳤다. 순간 한 치 앞이 보이지 않는 허공에 대고 손을 젓고, 있는 힘을 다해 소리쳤다.

"야, 이 미친놈아! 너 누구야?"

놈이 급히 달아나는 소리가 들렸다. 나는 또 크게 소리쳤다.

"너 누군지 찾으면 죽여 버릴 줄 알아! 이 개새끼야!"

깜깜해서 점하나 보이지 않았다. 그놈이 어느 방향으로 달아나는지도 보이지 않았다. 나도 있는 힘을 다해 집으로 달려갔다. 대문을 세차게 열고 들어가 단단히 잠갔다. 가로등 스위치가 있는 곳으로 한걸음으로 달려가 스위치를 올렸다. 가로등 불이 팍! 켜졌다. 마당 불을 켜고, 집 안으로 들어가 작은방, 주방, 중간방, 안방, 뒷마당. 불을 켤 수 있는 곳은 모조리 다 켰다.

엄마는 그날도 부재중이었다. 네로와 다른 강아지들이 집을 지키고 있었다. 몸이 사시나무 떨리듯 떨렸다. 네로를 안았다. 밖으로 연결된 문을 죄다 걸어 잠그고 그 밤에 전화를 걸 수 있는 사람. 엄마가 있을 곳의 전화번호를 찾았다. 엄마는 어디에 있는 걸까? 엄마와 연락할 길이 없다. 어딘가에 전화번호를 남겨놨었나? 모르겠다. 있어도 그곳에 전화하고 싶지 않다.

그날 나는 뜬눈으로 밤을 세웠다. 네로를 안고 덜덜 떨었다. 아무 말도, 아무에게도 방금 일어난 일을 알릴 수 없었다. 당시에는 그랬다. 그놈이 칼이라도 들고 있었다면 나는 죽었을 수도 있었는데. 엄마는 그날도 그다음 날도 집으로 돌아오지 않았다. 나는 완전히 버림받았었다.

상담사에게 이야기를 풀어내며 눈물을 흘렸다. 미친놈에게 성폭행을 당해 죽을 뻔한 것보다 엄마의 부재로 받은 충격이 더 컸다. 가로등 아래서 떨고 있는 어린 내가 보였다. 이제야 어리고 여린 나를 그대로 바라보기 시작했다.

◆

팡오쇼콜라 & 카푸치노

1년 만이다. 그동안 사람들과의 관계도 세상과의 관계도 끊었었다. 그런데 오늘은 왜일까? 어제와 같이 숲에서 헤매다 마을로 내려왔다. 지내고 있는 곳을 지나쳐 평소 그냥 지나치던 카페 앞까지 내려왔다. 까다롭고 취향이 확실한 나에게 오래전부터 이 카페가 눈에 들어오기는 했다. 하지만 매번 그냥 지나갔다. 이름이 불어로 되어 있어서였을까? 하얀 개Le Chien Blanc, 강아지라는 이름이 있어서 프랑스로 간 밀로가 연상되어서일 수도 있다.

매번 지내는 곳의 걸어가는 길목에 있어 지나칠 때마다 유리 벽을 통해 카페 안을 힐끔거리며 봐왔었다. 가운데 계산대를 중심으로 좌측은 주방, 우측은 동그란 손님용 테이블 몇 개가 진열되어 있다. 주방에서는 한 남자가 힘차게 밀가루 반죽을 주무르거나 잘 구워진 빵을 오븐에서 꺼내기도 한다. 계산대에서 옆으로 조금 떨어져 있는 곳에서는 다른 한 남자가 커피를 내리고 있기도 했다. 계산대 앞 테이블 쪽에는 커피를 마시며 한가히 책을 읽는 손님, 일행과 즐겁게 담소를 나누는 손님들도 있었다. 카페의 이름에 걸맞게 자주 강아지와 함께 온 사람들도 종종 보였다. 지나칠 때마다 풍경이 다르기는 하나 늘 비슷했다. 여유롭고 활기차다.

꽤 큰 크기의 3층짜리 베이커리 오븐이 있는 걸 보니 바로바로 신선한 빵을 구워내고 있는 듯했다. 자세히 안을 들여다보면 좋아하는 비에누아즈리Viennoiserie, 초콜릿 디저트도 판다. 모두 내가 좋아하는 것들이다. 자유로운 분위기에 내가 좋아하는 과하지 않은 인테리어 등, 내가 이곳을 찾아야 할 이유는 충분히 차고 넘쳤다. 글루텐이 포함된 음식을 되도록 피해야 하지만 버터 향과 하얀 밀가루, 그리고 커피와 달콤 쌉싸름한 초콜릿 향이 나는 이곳을 지나치기는 쉽지 않다. 그런데도 1년 동안 그저 지나가기만 했다. 외면하고 있었나 보다.

'오늘은 그냥 들어가 볼까?' 살며시 문의 손잡이를 잡고 밀었다.

'흐음….'

구수한 버터와 구운 밀가루 향. 짙은 커피 향 그리고 오랜만에 듣는 활기찬 카페의 소리.

"탁탁탁! 지잉…! 달그락달그락!" 커피를 내리고 찻잔을 다루는 손이 바쁘다.

"어서 오세요!"

계산대 뒤에 서 있는 사람이 힘차게 반겨준다. 옆에 있는 직원 한 사람은 커피를 내리다가도 심려 깊게 오븐을 체크하고, 문을 열었다 닫기를 반복한다. 들어가자마자 좌측에 오랫동안 익숙했던 것들이 눈에 들어온다. 몇십 년 동안 아침이면, 주말이면 나의 영혼을, 아니 우리의 영혼을 달래주었던 소울푸드. 비에누아즈리. 눈물이 맺히는 이유는 무엇일까? 팡오쇼콜라, 크루아상, 쇼쏭오폼, 에스카르고.

매일 아침 정신없이 집을 나서 영화 〈슬라이딩 도어즈 Sliding Doors〉의 기네스 펠트로Gwyneth Paltrow가 되었다. 베리유캄Berri-UQAM 지하철역에서 오퍼스패스Opus pass (몬트리올시 대중교통 이용 충전 카드)를 찍고 빠르게 계단을 내려가 미끄

러지듯 코트베튜Côte-Vertu행 오렌지색 지하철 문을 통과했
다. 성공했다는 안도감으로 숨을 몰아쉬고 정신을 가다듬
다 보면 어느덧 스퀘어빅토리아Square-Victoria에 도착했고 그
때부터 다시 뛰기 시작했다. 몬트리올 세계무역센터Centre de
Commerce mondial de Montréal, 3년간 나와 주중 아침을 함께 했던
곳. 4층에 있는 일터로 향하기 전 늘 그 카페에 들러 나의
소울푸드를 주문했다. 따듯한 커피 향과 아몬드 크루아상
으로 하루를 시작했던 기분 좋은 달콤한 기억….

　주말 아침에도 팡오쇼콜라와 크루아상 그리고 따듯한
카푸치노가 함께 했다. 부스스한 차림으로 카페를 찾아도
괜찮았다. 그동안 나의, 우리의 일상에서 너무도 중요했던
사물들. 그들과 직면하기가 두려웠나 보다.

　그런데 오늘은 다르다. 용기를 내지도 않았다. 그저 문
을 열고 들어갔다. 흐르는 눈물은 빠르게 훔쳤다. 나는 카
페 안에 들어와 있다. 팡오쇼콜라와 카푸치노를 주문하고
자리에 앉았다. 모르는 사람들 틈에 끼어 카페의 풍경 안에
자연스레 녹아든다.

　"여기 팡오쇼콜라하고 카푸치노 나왔습니다!"

이춘복

안경을 쓰시고 2001년부터 Good taste of Bluefin tuna를

공수해오시는 당신.

2001년이면 제가 한국을 떠난 해네요.

제가 없는 사이에 참치를 참 많이 자르셨군요.

이를 드러내고 활짝 웃는 모습이 좋아 보입니다.

당신이 누구신지는 모르겠으나 덕분에 추억이 쌓이기도

추억이 떠나기도 또 추억을 직면하기도 합니다.

Good taste of Bluefin tuna를 파시는 당신 덕분에

참치도 눈물을 흘린다는 걸 알았습니다.

이춘복님, 덕분에 홀로 스페셜하게

참치의 이런저런 부위를 썹으며 눈물을 흘려보기도 합니다.

정말 감사합니다.

— 벨플러

◆

참치의 눈물

남자의 절친 A가 남자와 여자가 살고 있는 서울을 방문했다. 몬트리올에서도 파리에서도 남자를 알게 되면서부터 자주 봤으므로 여자에게도 편한 친구이다.

"무제한 참치 먹어봤어?"

"그게 가능이나 해?"

"한국어 사전에 불가능이란 없어! 하하하!"

"종로로 가자. 사진으로만 보던 종각의 밤 풍경도 보여줄게."

남자와 A가 즐거운 대화를 하고 있다.

"그러면 우리 집 근처 남대문 시장으로 먼저 가서 한국의 전통시장의 분위기를 느껴보고, 시청 쪽으로 가자. 시청 건물도 인상적이니까 건물하고 광장도 구경할 겸 그쪽으로 갔다가 옆에 있는 청계천을 따라 좀 걷고 조계사로 들어가서 황금 부처님도 구경하면 되겠어. 그리고 종각으로 가서 현란한 네온사인을 보고 근처에 '이춘복 참치집'으로 가서 저녁을 먹는 거야. 오늘 하루 일정은 이렇게 하면 되겠어."

여자는 부러 한국을 찾아온 A를 위해 핸드폰 안의 구글맵을 손가락으로 짚어가며 오늘의 관광코스를 제안한다. 많이 해본 일이다. 매번 한국을 찾아오는 지인들과 비즈니스 파트너를 위해 방문할 곳과 먹을 음식을 골라주는 일은 즐겁기도 했다.

2008년 다시 돌아온 한국에는 무제한 참치가 막바지 트랜드를 달리고 있었다. 새로 보금자리를 튼 아파트 바로 앞에도 있었고, 그리 멀리 떨어지지 않은 곳에도 몇 군데가 눈에 들어왔다. 여러 곳을 테스트해 본 결과 이춘복 아저씨의 승!이었다. 완벽하진 않았지만, 맛, 장식, 분위기, 가격, 청결, 친절도 면에서 다른 곳보다는 나았다. 100점 만점에 70점 정도, 별 다섯 개 중 4개 정도? 바에 앉아 회전문가가 바로바로 참치를 썰어주며 설명해주는 점도 다른 곳보다 높은 점수를 주는 데에 한몫했다. 집 근처라 편했다.

'이춘복 참치' 종각지점은 늘 가던 본점보다는 좀 더 밝다 못해 눈이 약간 부시다. 앉고 싶었던 바에 빈자리 세 개가 나란히 있어 다행이다. 참치와 소주. 한국에서만 해볼 수 있는 특유의 조합으로 주문하고 기대에 찬 눈빛으로 첫 서빙을 기다린다. 빨강색, 선홍색, 하얀색 속살까지 참치의 여러 가지 부위를 담은 접시가 앞에 놓인다. 회를 하나씩 가리키며 설명을 해주시는 아저씨의 목소리에는 자긍심이 차있다. 설명을 들으며 참치의 맛을 음미하다가 우리끼리 대화를 이어가다 다시 설명을 들으며 또 다른 부위를 맛본다. 친구는 처음 마셔보는 소주의 쓰고 단 맛이 신기하단다.

"여기 이것도 드셔보세요. 외국 분들이 오셔서 특별히 서비스로 드립니다."

"이게 뭔가요?"

사케잔을 내미는 아저씨께 여자가 물었다.

"참치의 눈물입니다."

"네?"

모두 놀라 눈이 휘둥그레진다.

'이게 무슨 소리지? 참치의 눈물이라니. 이런 게 있나? 이걸 왜 굳이 맛봐야 하지?'

"홍초를 조금 탔습니다. 여성분들 피부에도 좋고 특히 남성분들에게 좋으니 드셔보세요. 한 번에 드셔야 합니다."

차가운 사케잔에 투명한 액체가 홍초와 분리되어 층을 이루고 있다. 그의 특별한 서비스를 거절하지 못해서 눈 딱 감고 액체를 마셔버린다. 차갑고 물컹한 것이 목을 타고 넘어가는 순간 진저리가 쳐졌다. 그래도 주신 정성을 봐서 입가의 웃음을 지으며 말한다.

"와, 정말 특별하긴 하네요. 처음 맛봤습니다. 감사합니다. 하하!"

눈물이 찔끔 날 뻔했다. 여자뿐만 아니라 남자들도 애매한 웃음을 지으면서도 특별한 경험을 주신 것에 감사를 표했다. 동물이든 사람이든 누군가의 눈물이 도움이 된다면 사케잔에 들어간 참치의 눈물은 아니기를 바란다.

일곱 시에 영업을 종료한다는 인쇄 집 사장님의 말씀에 부랴부랴 검색한 그림 자료를 이메일로 보내고 01번 마을 버스를 타고 내려왔다. 급하게 출력을 마치니 허기가 몰려온다.

'저녁을 무얼 먹을까?'

밖으로 나와 주위를 둘러보니 이춘복 참치집이 보인다.

'저기도 안 가본 지 오래되었네.'

'혼자가면 바에 앉으면 되겠지?'

거한 음식을 먹을 생각은 없지만 신선한 회를 먹을 곳은 근처에 그곳뿐이니 들어가기로 결정한다. 저녁은 무조건 무제한 참치로 통일이다. 스페셜 메뉴와 따뜻한 도꾸리 한 병을 주문하고 식당 내부를 찬찬히 둘러보았다. 변한 게 없다. 일하는 사람들도 그대로이다. 서빙하는 참치의 조합도 그대로이다.

기억을 곱씹으며 참치를 입에 무니 모르는 사이에 눈물도 난다. 참치의 눈물처럼 물컹거리고 진저리가 쳐지지 않아 다행이다.

'누구신지 모르는 '이춘복' 아저씨는 여전히 이를 드러내고 활짝 웃고 계시네. 수년 전이나 지금이나….'

통증

너에게 감사해

미워하기만 했던 너에게 감사해

계속 신호를 주었던 너에게 감사해

무시하고 외면하고 잘라버리면 사라질 줄 알았는데

매번 찾아온 걸 보니

아직 너를 보낼 때가 아니었었나보다

그래서 너를 보기 시작했어

무엇이 너를 그리 힘들게 하는지

그래서 너를 듣기 시작했어

무슨 말이 그리하고 싶었는지

무시하지 않을게

오랫동안 기다려줘서 고마워

이제 너를 온전히 품어줄게

내 안에서 편히 쉬렴

그리고 언제든지 떠나고 싶을 때 그때 떠나렴

— 벨플러

◆

통증

"M, 뭐하니?"

"응, 언니, 나 지금 버스 안이야."

"이 시간에 버스 타고 어디로 가는 거야?"

"응, 나 지금 프랑스어학원으로 가는 중이야."

"뭐? 야! 지금 너 그 정신에 공부가 되니? 지금 정신이 하나도 없을 텐데."

한국에서 친한 언니가 카톡으로 전화를 했다. 맞다. 언니의 말대로 나는 정말 아무 정신이 없었다. 정신뿐만 아니라 육체도 없었다. 둥둥 떠다니며 그저 어디론가 끊임없이 무언가가 되어 돌아다녔다. 12시에 잠이 들면 밤새도록 끙끙 앓다가 새벽에 깨곤 했다. 식은땀으로 옷과 침대가 흥건히

젖어있었다. 옷을 갈아입고 다시 잠을 청하고 아침이 되면 어김없이 밀로와 집 주위를 돌았다. 집 멀리도 걸었다. 걷다 지치면 집으로 들어와 울었다. 그리고 다시 밀로와 밖으로 나갔다. 다시 집으로 들어왔다. 오후에는 무언가를 먹어야 할 것 같았다. 하루종일 아무것도 먹지 않아 두통이 심했다. 라면이 있어 끓여 먹었다. 그리고 다시 울었다. 그리고는 밀로를 데리고 밖으로 나갔다. 그냥 걸었다. 여기저기를.

그러다 프랑스어 과정을 선뜻 등록했다. 테스트를 받고 B2 반에 배정되었다. 사람들이 궁금해했다. 공부를 왜 하냐고, 이미 잘하고 있는데 뭐하러 등록을 했냐고. 상관없었다. 나는 갈 곳이 필요했다. 다른 곳도 간다. 상하이에서 만난 한국분이 있다. 천사가 아닐까 한다. 시기적절하게 나에게 찾아왔다. 그분에게 아무 말도 하지 않았다. 그분도 물어보지 않았다. 그래도 계속 만났다. 무슨 대화를 했는지 기억이 잘 나지 않는다. 거의 매일 만났다. 아마도 하나님과 그와 관련된 이야기를 주로 했었던 것 같다. 꽃 수업도 신청했다. 매일 하는 일이 생겼다. 지나치리만큼 바빴다. 밀로가 자주 혼자 집을 지켰다. 내가 집에 있었으면 발코니로 달려갔을 것이다. 겨우 목숨을 붙들고 있었다.

한국으로 돌아왔다. 갈 곳이 정해지지 않아 일단 언니 집에서 신세를 졌다. 도착하자마자 다음 날부터 이미 생각한 스케줄대로 움직였다. 스케줄은 매일 매일 더 빠듯했다. 아침 8시에 눈을 뜨면 준비를 하고 밖으로 나갔다. 온종일 일정을 소화하고 밤 10시가 넘어 언니 집에 돌아왔다. 매일을 그렇게 보냈다. 딱히 만나는 사람은 없다. 몸을 바쁘게 할뿐이다. 생각이 떠오를 틈이 없다. 보이는 대로 원데이 클래스를 듣고 학교와 직장을 다녔다. 코인, 주식, 땅, 꽃, 그림, 성격 테스트, 창업하는 법, 책 쓰기, 파티 플래닝 & 스타일리스트, 불어시험 공부, 대학원 수업, 과제, 시험, 회사 근무 후 또 클래스 등등. 하루하루 쉬는 시간 없이 빽빽하게 채웠다.

생각은 잘 사라지고 있는 줄 알았다. 물론 자주 울음이 터져 나왔다. 부정적인 생각은 죄악으로 여겼다. 부정적인 생각이 올라올 때마다 시선을 돌렸다. 괴로운 생각은 나를 갉아먹을 뿐, 내 삶에 도움이 되지 않는다고 치부해 버렸다.

그러던 어느 날 심리상담센터에 전화를 걸고 있는 나를 발견했다. 상담 스케줄이 잡히고 상담 선생님과 테이블을 가운데 두고 과거를 이야기하기 시작했다.

"M은 지금 너무 아픈데, 그걸 본인이 외면하는 것 같아요. 과거의 기억은 외면한다고 사라지지 않아요. 그 기억 때문에 아픈 나를 바라보세요."

통증이 있으면서 외면했다. 안 보려 고개를 매번 돌렸다. 똑바로 바라보기 시작하니 통증이 쓰나미처럼 밀려왔다. 숨통을 터뜨리고 통증이, 기억이 줄줄이 사탕처럼 올라왔다. 그러나 하나씩 수면 위로 떠오르는 그들과 대화를 할 수 있어 오히려 고마웠다. 통증을 치료하는 것이란 이런 건가 보다. 하나씩 바라보며 대화를 하는 것. 정면으로 담담히 과거를 직면하는 것.

✦

빨간 립스틱

앵두.

어릴 적 내 별명이다. 외할머니가 지어 주셨다. 외가댁에
자주 갔었다. 엄마가 아파서, 바빠서, 방학이어서 갔다. 그
럴 때마다 외할머니는 앵두를 두 팔 벌려 반겼다. "아이고!
우리 앵두가 왔구나~! 어디보자 우리 이쁜 앵두. 왜 또 이
렇게 말랐어? 얼른 밥부터 먹자!"

외할머니는 앵두에게 뜻 모를 노래도 자주 주문했다.

"앵~두나무 우물가에 동네처녀 바람났네, 물~동이 호미
자루~"

"아유! 이쁜 앵두가 노래도 잘하네…."

외할머니는 내 입술 때문에 앵두라고 나를 부른다고 했다.

"애 입술 좀 봐! 엄청 이쁘고 빨갛잖아, 앵두같이 어째 이렇게 빨갈까? 하하하!"

앵두를 오랫동안 잊고 살았다. 큰외삼촌이 돌아가시면서 외할머니댁이 풍비박산 났다. 외숙모는 집을 나가셨고, 사촌들은 방황했다. 외할머니는 손주들을 기르느라 나이 드셔서 다시 일을 하셔야 했다. 앵두는 더 이상 외가댁에 가지 못했다.

그러나 빨간 입술은 여전했나 보다. 선생님이 자율학습 시간에 떡볶이를 먹었냐며 괜히 오해했었다. 그리고는 또 잊어버리고 살았다.

화장을 하기 시작하면서 립스틱을 조금씩 바르기 시작했다. 분홍색으로. 빨간색은 너무 튀니 자제하는 게 나았다. 그리고 빨간색은 원래 나와 어울리지 않는 색이었다. 익숙하지 않았기 때문이다. 엄마는 어릴 적부터 늘 남색과 어두운색 옷을 내게 사주셨다. 가끔 러블리한 분홍색 블라우스나 진분홍색 점퍼도 입을 수 있었지만 거기엔 늘 남색 치마나 검정색 바지, 까만색 구두 같은 어두운색의 아이템이 따라왔다. 빨간색 옷을 입어본 적은 한 번도 없었다. 빨간색은 두 살 터울 위 언니의 색이지 내 색이 아니었다. 그래서였을까? 나는 자연스럽게 빨간색을 멀리했다. 앗! 아니다. 한번은 나도 빨간색을 갈구했었다.

"엄마! 나도 언니처럼 빨강색 구두 사줘!"

초등학교 1학년 아이(나)가 울먹이며 말했다.

"다 빨강색 구두 신는데 왜 나만 까만색이야?"

돈이 없는 엄마는 고민을 좀 하더니 이내 시내에 있는 신발가게로 아이를 데려갔다.

"그래, 하나 골라봐"

"나 저거 사줘!"

가게 안에는 여러 가지 디자인의 빨강 구두가 즐비했다. 그중 가장 마음에 드는 요즘 말로 메리제인 스타일의 구두를 가리키며 말했다. 엄마는 아이를 째려보며 말했다.

"멀쩡한 구두가 있는데 뭘 또 새 구두를 사달라는 거야. 이번 한 번 만이야. 사줄 테니까 훌륭한 사람이 되어야 해. 알았지?"

훌륭한 사람이 어떤 사람인지 몰랐지만 아이는 빠르게 고개를 끄덕이며 반짝반짝 빛나는 빨강 구두를 뚫어지게 쳐다봤다. 신고 온 멀쩡한 구두를 벗어 던지고 그토록 바라던 빨강 구두를 신으니 아이는 하늘을 나는 기분이었다.

가끔 뒤꿈치가 따끔거리기는 했다. 그래도 계속 날아날아 10여 분 뒤에 집에 도착했다. 구두를 벗자 이게 웬일인가. 살갗이 까인 뒤꿈치에서 피가 철철 흐르고, 새로 산 빨강 구두 안에는 피가 흥건했다.

"이게 뭐야, 이게! 아프면 말을 했어야지!"

엄마의 호통에도 아이는 아프지 않았다. 날아서 왔는데 아플 리가…. 진심으로 갈구해서 이루어진 꿈인데 아플 리가…. 그렇게 빨간색을 갈구하던 아이는 어디로 갔을까? 나는 한 번도 그 뒤로 빨간색을 접하지 않은 것 같다. 기억에 없다.

남자는 여자의 모든 걸 통제하기 시작했다. 본인의 룰에 맞게 살아야하는 것에는 여자의 외모를 단장하는 것도 있는 듯했다.

"옷이 그게 뭐야? 다른 거로 바꿔 입어."

"왜? 이게 이상해? 안 어울려? 난 괜찮아 보이는데? 난 이게 좋아. 그냥 이거 입을 거야."

"……."

"뭐야? 싫어? 알았어, 알았다고."

남자는 여자가 입은 옷이 마음에 들지 않으면 골을 내고 움직이지 않았다. 지인과의 약속시간이 임박해 있든, 단둘이 외출을 하든 관계없다. 그냥 남자의 마음에 들지 않으면 더 이상의 진전은 없다.

"이렇게 입으면 돼?"

'으이구 진짜! C'est fou!' '미친!'

여자의 성질도 대단했지만, 남자의 고집을 꺾기엔 역부족이다. 매번 함께 외출할 때마다 벌어지는 이런 일이 기가 막혔지만 어쩔 수 없었다. 말했듯이 남자가 여자보다 세다.

처음으로 빨간 립스틱을 발라보고 싶었다. 남자가 또 골을 낸다.

"안 어울려, 지워!"

"하! 또 이러네. 진짜 안 어울려? 진짜? 잘 봐봐."

남자는 두말하지 않는다. 골을 낼 뿐. 여자가 빨간 립스틱을 지우지 않으면 남자는 또 한 발자국도 움직이지 않을 것임이 틀림없었다. 욕실로 들어가 입술을 냉큼 지우고 늘 바르던 연분홍색으로 마무리한다. 그렇게 또 남자에게 졌다.

"M은 본인의 열정을 계속 억제하고 있어요!"

이미지 메이킹 시간에 선생님이 놀라며 이야기한다. 색이 녹아있는 액체가 든 11개의 유리병을 원하는 대로 배치

하고 나니, 앞에서부터 2개 또는 3개를 묶어 과거, 현재, 무의식, 미래를 나타낸다고 한다. 유리병에 들어 있는 색으로 빛이 통과되어 영롱하고 신비롭게 보였다. 그저 바라만 보고 있어도 힐링이 되는 기분이다.

보라, 파랑, 녹색, 검정, 파랑, 투명, 노랑, 주황, 빨강, 갈색, 분홍.

"이렇게 무의식 칸에 빨주노를 나란히 배치하신 분은 처음 봐요." 내가 배치한 병을 보고 선생님이 말을 덧붙인다.

"M은 무의식에 있는 색이 모두 밝음, 긍정, 열정과 관련된 색인데, 그게 모두 한꺼번에 배치된 걸 보니 그동안 많이 어누르고 사셨나 봐요. 그걸 밖으로 꺼내셔야 해요. 노랑 주황 빨강색을 실생활에서 의도적으로도 라도 사용하시면 도움이 많이 돼요. 예를 들어 빨간색 립스틱을 바른다거나, 오렌지주스를 마신다거나."

"네 정말요? 그런 게 정말 도움이 될까요? 오렌지주스를 마시는 건 좀 웃긴데요 하하하!"

"아니요. 농담 아닙니다! 효과 있어요!"

선생님이 빨간색 립스틱을 얘기하자 갑자기 남편이 나에게 했던 말과 행동이 생각났다. 빨간색은 절대 안 된다며 강하게 거부감을 표출했던. 엄마가 빨간색 옷을 사주지 않아서 빨간색은 내 색이 아니라고 치부했던 나 자신도 떠올랐다. 그리고 입술이 빨갛다며 앵두라고 부르셨던, 나를 그토록 예뻐해 주셨던 돌아가신 외할머니가 떠올랐다. 수업을 마치고 집에 돌아와 빨간색 립스틱을 발라보았다. 잘 어울린다. 처음부터 나에게 잘 어울리는 색이었다.

◆

치유

자주 가는 베이커리로 향했다. 오늘은 무얼 살까? 생각하며 가는 길에 부러 공원을 거친다. 차들이 쌩쌩 달리는 길가를 걷는 것보다 조금 돌아서 나무도 보고, 풀잎도 보고, 꽃과 물레방아, 물 흐르는 소리를 들으며 가는 것이 익숙하다. 이제 공원을 빠져나와 신호등만 건너면 된다. 도착지에 거의 다 다다른 지점에 그동안 가려져 있던 가름막이 걷어지고 내부가 훤히 보인다. 카페가 새로 오픈한 모양이다. 비건 샐러드에 디톡스 주스 메뉴가 눈에 들어와서 한번 구경이나 해볼까 하는 마음으로 살며시 안으로 발을 들인다. 젠Zen 느낌이 나는 게 분위기가 뭔가 예사롭지 않다. 눈을 돌리니 한쪽에 요가 매트와 책도 전시되어 있다.

"어서 오세요. 조금 어수선하죠? 아직 정식 오픈 전이라 준비하고 있어요."

"여기가… 카페인가요?"

"네, 여기가 카페이긴 한데요. 요가 명상 클래스도 운영하고 있어요."

"아, 그렇군요. 어쩐지 그런 것 같더라구요."

"수업은 2층에서 진행되고 있어요. 둘러보시고 싶으시면 제가 안내해 드릴게요."

"네, 저야 좋죠."

오래된 요가 명상 센터인데 최근에 이사를 했다고 한다. 친절한 카페 직원이 브로슈어를 내밀며 2층으로 나를 안내한다. 클래스가 이루어지는 장소와 각 각의 공간들이 편안해 보인다. 차분한 회나무색 계열의 인테리어와 씽잉볼, 돌, 도자기 등의 장식품들에 마음이 편해진다. 평온한 에너지가 품어져 나오는 공간이 마음에 든다. 잠시 구경을 마치고 갈 길이 있으므로 다시 오겠다는 인사를 남기고 카페를 나왔다.

"오늘은 월요일이니 주말 동안 찌뿌둥해 있던 몸을 풀어주는 동작을 하겠습니다."

요가와 명상을 함께 하는 클래스를 등록하고 맞은 첫 시간이다. 선생님의 설명과 움직임에 따라 몸을 움직인다.

　"손을 오목하게 해보세요. 자, 이제 목, 어깨 부분부터 두드립니다. 손목에 힘을 빼고, 하나, 둘, 셋, 넷, 더 세게 힘을 주고 두드려 주세요. 이제 어깨, 팔을 따라 아래로 촘촘하게…."

　"손까지 갔죠? 그럼 다시 위로 올라가서 다시 어깨, 목까지, 앞 쇄골 아래, 옆구리까지 두드립니다."

　한참을 두드려야 하니 팔 힘이 보통 필요한 게 아니다. 그래도 최대한 힘을 빼고 호흡을 해가며 따라 한다. 서서 동작을 이어가다, 앉아서 또 누워서 설명에 집중해서 동작을 잘 따라 해본다. 한 시간가량의 요가가 끝나고 이어 눈을 감고 명상을 한다. 몸을 음악에 맞춰 좌우로 자연스럽게 움직이며 길게 세운 척추와 양반다리로 다리를 최대한 편하게 해본다. 편안한 음악이 흘러나오니 몸도 이완되고 마음도 이완되는 듯하다. 생각을 비워내기 위한 명상이라고 한다. 올라오는 생각을 그저 바라보며 음악에 맞춰 몸을 왔다 갔다, 머리를 왔다 갔다 한다. 생각도 들어왔다 나갔다 들어왔다 나갔다….

갑자기 흑!하고 나도 모르게 숨을 내뱉었다. 울음이 터져 나왔다.

우리가 살던 집이 보인다. 5XXX Rue Fabre(파브르 거리). 한 여름. 플라타너스 나뭇잎이 울창하다. 하늘을 가린 잎 사이로 간간이 햇빛이 들어오고 아직 오전이라 바람도 제법 청명하다. 초록 옷을 입은 가로수가 파브르 거리 처음부터 끝까지 양옆으로 쭉 이어져 있다. N이 나에게 자전거를 가르쳐주고 있다. M은 어릴 적 자전거 사고로 트라우마가 있다. 자전거 뒤 바퀴살에 갈려 복숭아뼈를 본 기억이 생생하다. 커서 자전거를 배워보려고도 했지만, 매번 실패했다. 두려움 때문이었으리라. 이야기를 들은 N이 M의 트라우마를 치료해 주겠다며 자전거 타는 법을 열심히 알려준다.

"자 이제 앞으로 가봐,"

"뒤에서 잡고 있어야 해. 알았지? 잡고 있는 거 맞지?"

집 앞 보도, 울창한 플라타너스 나뭇잎 아래에서 M이 무서움에 덜덜 떨며 말한다.

"괜찮아 괜찮아. 잡고 있으니까."

"어어어! 아아악!"

앞으로 조금 나아가다가 집 앞에 있는 가든 펜스에 고꾸

라졌다. 다친 곳은 없다. M의 비명이 어찌나 컸는지 옆집 사람들이 2층에서 재밌다는 표정으로 말을 건다.

"괜찮아요? 다친 곳 없어요? 생각처럼 쉽지 않죠?"

"네네 괜찮아요. 하하하!"

이번엔 겨울이다. 흰 눈이 펑펑 소리 없이 내린다. 눈을 치운 지 얼마 되지 않았는데 그사이 또 10센티는 더 쌓인 것 같다. 캐나다답다. 외투를 입고 모자와 장갑으로 단단히 무장하고 다시 눈삽을 들고 나간다. 쉴 새 없이 내리는 눈을 맞으며 집 앞에 쌓인 눈을 함께 치우다가 단단하게 눈을 뭉쳐 눈사람도 만들어본다. 하얀 세상을 기념하며 함께 사진도 찍어보고, 눈을 한가득 손에 모아 서로에게 넌져보기도 하며 재미있어 낄낄대며 웃기도 한다. 모두 다 행복했던 순간이다.

'참 오래전 일인데, 평소에 생각하지도 않았는데 왜…?'

우리의 첫 기억들이다. 왜 갑자기 그때가 떠올랐는지 잘 모르겠다. 뇌를 통제할 수가 없다. 그냥 눈물이 줄줄 흐른다. 콧물도 흐른다. 지저분하기가 이루 말할 수 없다. 천천히 명상시간이 끝이 나고 마지막으로 선생님과 주위 분들께 급하게 인사를 하고 화장실로 달려갔다. 얼굴을 정리하고 돌아오니 모두 사라지고 혼자이다. 여분의 음악이 계속 흘러 마음을 진정시키려 다시 매트 위에 앉았다. 그런데 또 울음이 터져 나왔다. 어깨를 들썩이며 계속 울었다. 한참이 지나 겨우 정신을 차리고 매트와 가방을 주섬주섬 정리하고 밖으로 나오려는 찰나에 선생님이 다가왔다.

"오늘 수련 어떠셨어요?"

"그냥 눈물이 많이 나서…."

아직도 마음이 진정되지 않아 말을 잊지 못했다.

"그게 치유되고 있다는 증거예요. 왜 눈물이 났을까요?"

"모르겠어요. 그냥 옛날 생각이 났어요. 흑."

나는 얼른 대화를 마무리하고 밖으로 나와 밤길을 걸었다. 울면서 걸어본 적이 몇 번 있다. 그러나 이번엔 몸을 가누는 게 좀 힘이 든다. 차라리 무릎을 땅에 대고 통곡을 하고 싶다. 행복했던 기억이 떠오르는데 왜 몸과 마음이 힘든 걸까. 알 수 없다.

✦

나를 둘러싼 사람들

"저는 빅뱅 이론을 믿지 않아요! 세상이 이렇게나 정교하고 아름다운데 신이 한 일이 아니고서야 어떻게 가능이나 히겠어요. 하나하나 모든 게 완벽해요."

"글쎄요. 저는 빅뱅 이론을 믿는 사람입니다. 과학적으로 증명이 되었다고도 하고 '코스모스'라는 다큐멘터리를 보고는 더 믿게 됐어요. 타이슨 박사Neil deGrasse Tyson 의 설명을 들으면 아주 논리적이거든요"

예배를 마치고 행신역 근처의 커피숍에 모였다. 상하이에서 만난 그녀를 통해 알게 된 한국인 그룹과 대화 중이다. 내가 그녀를 만난 건 원데이 티클래스에서였다. 전날 남편과 와인을 마시며 우리는 좋지 않은 이야기를 많이 했다.

남편은 직역하면 '제발 중국어라도 배우라'며 그러나 의역하면 '제발 돈을 벌라'며 그날도 나에게 압력을 가했다. 그리곤 또 어떤 좋지 않은 이야기를 한 것이 어렴풋이 기억난다. 오랜만에 많은 양의 술을 마셔서인지 다음 날 아침이 되자 어지럽고 속이 울렁거렸다.

몸이 안 좋으니 클래스를 취소하려는 생각도 했다. 그러나 짧지 않은 중국 연휴 기간 동안 남편과 집안에만 있을 수는 없는 노릇이었다. 아픈 몸을 이끌고 겨우겨우 약속장소로 함께 찾아갔다. 다행히 시간에 맞춰 도착했고 선생님의 안내로 차를 체험하기 시작했다. 연녹색의 투명한 녹차가 전날 과음으로 쌓인 몸 안의 독소를 말끔히 씻어주길 바랐다. 동시에 좋지 않은 기억도 씻어내고 싶었는지도 모른다.

첫 번째 녹차 체험을 마치고 두 번째 차로 넘어가는데 어떤 여자분이 뒤늦게 들어온다. 동양인인데 일본인은 아닌 것 같고, 한국인일지도 모른다고 생각을 했다. 아니나 다를까 수업 중에 선생님의 질문에 그녀는 자신이 한국인이란다. '한국 분을 이런 곳에서 만나다니…. 좀 의외네.' 클래스가 끝나고 그녀와 연락처를 교환하고 다음을 기약했다.

몇 주 뒤, 우리는 식사를 함께하며 상하이에서의 생활에 대해 이런저런 이야기를 주고받았다. 남편이 모르는 사람을 만나는 일은 처음 있는 일이었고, 가족과 친구들 이외의 새로운 한국인과의 관계 또한 나에겐 아주 생소한 일이었다. 몇 번의 만남 후 그녀가 말했다.

"함께 일하려는 분이 있는데 관심이 있으시면 함께 만나보실래요?"

대화를 하며 내가 사업하는 것에 관심이 있다고 하니 함께 만나보는 것도 괜찮다고 생각한 모양이다. 소개받은 그분은 다름 아닌 집 근처 상하이 커뮤니티 교회Shanghai Community Church에서 한국인 그룹을 담당하고 있는 목사님이었다. 그녀가 크리스천이라는 걸 처음으로 알게 되는 순간이었다. 사실 과거 교회와 관련된 경험 덕택에 기독교에 대한 거부감이 컸다.

그러나 성당을 방문하는 것은 좋아했었다. 산속에 있는 절을 방문할 때처럼 언제나 마음이 고요하고 평온해지기 때문이다. 때마침 쉬자후이 성당Xujiahui Catholic Church에 가보려 마음을 먹고 있었다. 남편과의 힘든 관계 속에서 잠시라도 마음의 평화를 얻고 싶어서였다. 그녀는 자신과 목사님이 다닌다는 상하이 커뮤니티 교회가 성당은 아니지만, 마음이 변하면 오라고 제안했다. 그곳을 집 근처에서 밀로와 산책하면서 여러 번 지나친 적이 있다. 기독교 건물인데 빨 간 벽돌에 고딕 양식으로 세워져 마치 성당을 연상케 하는 외관을 지니고 있다. 1920년대에 세워진 역사적인 건물이 기 때문이라도 한번은 방문해 볼 생각이었다.

당시 나는 탈출구가 필요했다. 아니 잠시라도 나의 영혼 을 달랠 수 있는 안전한 장소가 필요했던 것 같다. 그녀의 제안에 마음을 열고 그곳을 한번 방문했다. 그리고는 일요 일마다 그곳으로 발걸음을 옮겼다. 미국인 담임목사님의 예배가 끝내면 한국인 그룹과 점심을 하고, 성경을 읽고 생 각을 나누는 일을 반복했다.

나를 잘 알지 못하는 그들과 일요일마다 만나면서도 나 는 그들에게 내 신변에 대해 아무 말도 하지 않았다. 특히 그녀와는 매일 만나다시피 하면서도 남편과의 일을 공유 할 수 없었다. 그저 숨을 쉬고 식사를 하는 것만으로도 다 행이었던 때였다. 그런 내게 그녀는, 그들은 아무것도 묻지 않았다. 그저 나라는 존재를 그룹 안에 받아주었을 뿐.

내 인생의 가장 힘들었던 한 시점에 그토록 많은 사람들 의 도움을 받은 건 우연의 일치라고 하기에는 너무도 완벽했다. 신이 한 일이 아닐까 하는 생각이 든다. 아니 신이 한 일이기를 내심 바랐다. 나도 완전히 버려진 존재가 아니라 누군가에게 사랑받는 존재이고 싶었나보다. 그녀와 그들과 대화를 하며 나는 보이지 않는 것에 시선을 돌리기 시작했다. 보여서 보는 것이 아니라 보기를 선택하고 보기로 했다. 공기가 눈으로 보이지 않아도 있는 것처럼 보이지 않는 그 절대적인 존재를 내 삶 안으로 받아들이기로 결심했다.

몇 개월이 지나고 한국으로 돌아올 날이 가까워졌을 때 내가 그녀에게 말했다.

"그때 티 클래스에 왔던 남편과 헤어지게 됐어요. 그동안 아무 것도 묻지 않아 줘서 감사했어요. 아무 얘기도 할 수 없었어요."

후에 나는 천사에 대해 생각해 보았다. 내 주위에 있는 수많은 존재들. 그들은 어떤 존재들일까? 죽을 정도로 힘들었던 그 순간, 그 티 클래스에서 내가 그녀를 만난 이유는 무엇일까? 누군가가 상대에게 궁금한 점을 묻지 않고 기다려준다는 건 참 아름다운 일이다. 내가 준비가 되었을 때 말을 할 수 있도록 배려해준 그녀야말로 천사가 아닐까. 죽지 않고 살아있도록 시의적절하게 내 삶에 나타난 그녀와 그들이 어쩌면 모두 천사들이 아니었을까. 그들뿐만이 아니다.

한국에서 나를 응원해주었던 나의 오랜 친구들, 모든 걸 접어두고 오직 나를 위해 상하이로 날아온 친구들, 또 가족들, 상하이 외국인 커뮤니티와 교회를 통해 만난 여러 국적의 선한 사람들, 나에게 참 많은 천사들이 모였다. 천사들은 조용히 그러나 따듯하게 나를 감싸주고 있었다.

◆

아버지

아버지에게는 논과 밭과 아내와 아이들, 동물, 그리고 마을과 사람들이 있었다.

넓은 논과 밭에는 벼를 심고, 감자를 심고, 파를 심고, 콩을 심고 고추를 심고⋯. 집 근처 텃밭에는 참외, 토마토, 수박, 옥수수, 가지를 심고 집을 빙 둘러 감나무, 호두나무, 살구나무, 복숭아나무, 사과나무, 포도나무를 심었다. 아내를 위해 목단화 묘목을 화단에 심었고 소와 염소, 닭, 고양이, 개를 사랑했다. 그래서인지 모두에게 사나운 소는 아버지에게만은 온순한 양이었다. 아버지는 어느 날부터 고양이를, 염소를, 닭 부부를 하나씩 모셔왔다. 모셔온 닭 부부는 보란 듯이 아이들을 떡하니 낳았고 "삐악삐악" 너무나도 귀여운 노오란 병아리들이 마당에 나올 때면 막내딸은 신기한 듯 쳐다보았다. 만지고 싶어 근처에 가면 닭 부부가 날개를 퍼덕이며 전속력으로 날아오더니 급기야는 막내딸의 뒤꿈치를 딱딱한 부리로 찍어 대고는 했다. 그런데 이 사나운 닭 부부도 아버지에게만은 온순했고 또 병아리들은 아버지 뒤만 졸졸졸 따라다녔다. 닭 부부도 만족해 하는 분위기다.

어느 여름날 아버지는 까만 강아지를 포도나무 아래서 저녁 식사를 기다리던 막내딸에게 안겨주었다. 눈이 반짝이는 그 까만 강아지를 쓰다듬으며 혈통 있는 강아지라며 내심 뿌듯해하셨다. 사실 이 까만 강아지, 네로 이전에 셰퍼드가 있었다. 군견으로써의 임무를 완수하고 우리 집으로 왔다. 물론 아버지와 함께. 어릴 적 우리 집은 동물농장이었다.

새마을 운동이 한창이었던 시절, 아버지는 마을 회관에서 매일 음악을 선곡해서 틀고 안내방송도 하는 나름 DJ 놀이를 즐기셨고 마을 아이들이 마음껏 뛰어놀 수 있도록 근처에 놀이터를 만들어 주기도 하셨다. 미놀타 사진기로 마을의 크고 작은 행사를 기록하고 마을 풍경을 찍기도 하고 가끔 막내딸도 프레임 속에 넣어 주기도 하셨다. 농부로서의 삶보다는 이장으로서의 삶을 더 즐기셨던 게 아닌가한다.

가장 가까워야 할 아내와의 관계는 좋지 않았다. 집에서 아내에게 구시렁대거나 인상을 쓰는 일이 많았다. 자식들이 어려서일 수도 있지만, 가족들과 대화가 없었고 집에선 침묵하고 오로지 신문만 읽으셨다. 그래도 여름이면 아이들을 위해 수영장을 만들어주기도 했고 정신없이 잠자고 있는 막내딸을 조심히 안아서 잘 펴진 요 위로 옮겨주는 따듯함을 보이기도 했다. 그러나 집으로 찾아오는 마을 어른들과 소주를 마시고 농사일을 하다가 막걸리를 마시고 마을회관에서 또 동네 어른들과 무슨 술을 마시고 혼자 또 어떤 술을 마시고 그렇게 술을 마시다 중독이 되었다. 막내딸이 중학교 2학년 때, 더운 여름 7월의 어느 늦은 오후 이 세상을 떠났다.

내가 죽음을 가까이에서 경험한 것은 바로 그날이었다. 1학기 기말고사 마지막 시험을 마치고 학교에서 집으로 돌아오는 길이었다. 전날 밤 책을 읽다 아버지가 괜히 신경이 쓰였다. 아버지는 병원에서 더 이상 손을 쓸 수 없다는 의사의 말을 듣고 퇴원해서 집에 계셨다. 생을 마칠 날만 기다리고 있었으리라. 당시 아버지가 정신이 맑은 상태였는지 아니었는지 기억이 잘 나지 않는다. 겉으로는 멀쩡해 보였던 것 같다. 언덕 위에서 초록색 대문이 보였다. 그런데 그날따라 알 수 없는 서늘한 기운을 느꼈는데 아니나 다를까 대문 앞에 다다르니 간간이 통곡 소리가 들렸다. 안방에 들어서자 미동 없이 누워서 눈을 감고 있는 아버지와 주위를 에워싼 엄마와 오빠의 모습이 마치 영화 속 장면처럼 내 눈 앞에 펼쳐졌다. 그 후 나는 한동안 꿈에서 아버지를 만났다. 그래서 실제로 아버지가 돌아가신 건지 아니면 어딘가에서 살고 계신 건지 구분이 안 된 적이 여러 번 있었다. 그러나 확실한 건 그날 이후 아버지는 내 눈앞에 현실로 나타나지 않았다는 것이다. 하루아침에 아버지라는 한 사람의 실체가 사라졌고 나는 잠깐은 슬펐고 통곡을 했지만, 곧 아무런 감정이 떠오르지 않았다. 그 후 가끔 아버지 꿈을 꿀 때면 현실 속에 아버지가 어디선가 살아계시는 착각이 들곤 했다.

아버지가 돌아가시고 30여 년이 지난 어느 날 평소와 다름없이 그날도 숲을 걷고 있었다. 그런데 알 수 없는 이유로 가슴이 메어오더니 아버지가 떠올랐다. 그리고 왈칵 눈물이 쏟아졌다. 한참을 숲에서 울었다. 행복한 삶을 살다 가지 못한 아버지가 측은해서였을까. 어릴 적 표정 없는 하얀 얼굴로 아버지의 죽음을 맞이했던 어린 딸이 이제 와서 아픈 가슴을 부둥켜안고 울고 있었다.

나는 아버지와의 추억이 잘 기억나지 않는다. 내가 어릴 적에 돌아가시기도 했지만 워낙 말도 없으셨고 늘 농사일, 마을 일로 바쁘셨던 분이어서 특별히 좋았던 기억이 없다. 그저 늘 아프고, 외롭고 고독했던 한 존재가 기억날 뿐. 그래도 나를 사랑의 시선으로 보았던 희미한 기억은 있는 듯하다.

3부

나를 찾다, 벨플러

저는 헤매었습니다.

나의 흔적을 끄집어내어 나를 찾으려 헤매었습니다.

나를 찾기 위해 걷기도 하고 뛰기도 하고 날기도 했습니다.

그리고 고요히 생각하고 다짐했습니다.

'나'의 의지와 신념을 의심하지 않기로 했습니다.

'나'가 좋아하는 것과 잘하는 것을 그대로 인정하기로 했습니다.

'나'에게 한계를 말하지 않기로 했습니다.

당신은 '나'로서 존재할 때 진심으로 강하다는 걸 잊지 마세요.

✦

빠리 Paris

어쩌다 어른이 된 것처럼 어쩌다 프랑스어를 하게 되었
다. 고등학교 제2외국어로 프랑스어를 공부하던 오빠들과
달리 나는 독일어를 공부했다. 정말 다행이라며 가슴을 쓸
어내렸다. 프랑스어는 너무도 사랑스럽다 못해 닭살이 돋
는 기분이었으니까. 입술을 모아 쭉 빼는 입 모양과 그 여
성스러운 발음들. 절대로 나와 맞지 않는다고 생각했다.

그렇듯 삶은 내가 생각한 대로만 흘러가지는 않았다. 영
어를 배우기 위해 애초에 꿈꿨던 호주가 아닌 캐나다로 갈
것이라고는, 캐나다에서 영어가 아닌 프랑스어를 배울 것
이라고는 상상도 하지 않았다. 나중에 보니 내가 도착한 곳
은 실은 영어보다 프랑스가 더 중요한 곳이었다. 퀘벡 주

몬트리올 시. 그곳에서 살아남으려면 프랑스어를 해야 했다. 그래서 서바이벌Survival 프랑스어를 배웠다. 내 입 모양이 쭉 나오든 입술이 오므라지든 그런 건 더 이상 중요하지 않았다. 퀘벡 주 공식 언어인 그 언어를 해야 나도 회사에서 살아남을 수 있으므로. 거기까지일 거라 생각했다. 그런데 언제부터인가 프랑스인들이 주위에 생기기 시작했다. 전 남편도 그중 하나이다.

파리는 전 남편을 만나기 위해 처음으로 갔다. 당시 우리는 장거리 연애의 주인공이었다. 모르는 사람들이 보기엔 로맨틱해 보일지 모르겠지만, 그 또한 나에겐 서바이벌이었다. 멀리 떨어져 있는 사람과 관계를 유지하는 일이 힘들었다. 프랑스와 연관된 일은 끊이지 않고 일어났다. 회사의 상사도 프랑스인, 남편도 프랑스인, 주변인들도 프랑스인, 일도 내내 프랑스인들과 했다. 그러니 프랑스어가 생활언어가 되었다. 어쩌다 그리되었다.

나의 프랑스어에는 생존과 생활만이 있었지 로맨틱이라고는 없었다. 내가 생각했던 로맨틱한 프랑스 남자도 없었고 로맨틱한 파리도 닭살 돋는 로맨틱한 발음도 없었다. 그저 모든 것이 서바이벌 그 이상도 이하도 아니었다. 아무런 감흥이 없는 언어와 도시들. 이제는 떠나보내고 싶다. 더이상 어쩌다 프랑스어를 하고 어쩌다 파리에 가길 원하지 않는다.

상하이에서 당시 남편의 부모님과 헤어지고 생각했다. 이번에는 그곳에 가지 않으련다. 때 되면 마치 해야 할 일을 처리하듯 그곳에 갔었다. 내가 원치 않아도 매번 가야 했던 그곳. 나는 예의를 지키기 위해 내 감정을 지워버렸다. 누구를 위한 예의일까. 남편과 그의 가족들을 위한 것이었을까? 그분들은 좋은 분들이다. 그러나 나도 내게 좋은 존재이고 싶었다. 그래서 선언했다.

"이번에는 가지 않겠어! 나와 그리스로 가려면 파리에서 따로 만나."

혼자 호텔을 알아보고, 혼자 체크인을 했다. 호텔을 잘 골라서 다행이다. 파리 중심에 자리 잡고 있었고, 파리에 있는 호텔 룸 치고는 꽤 넓고 디자인도 모던하고 세련되면서도 안락한 분위기였다. 파리에 가면 주로 방문하는 곳들과 가까이에 자리 잡고 있어 언제든지 외출했다 들어올 수도 있어서 좋았다. 다음에도 그곳으로 갈 생각이다. 그런 덕에 부모님 댁을 다니러 먼저 출발한 남편 없이 홀로 파리

199

를 편히 여행할 수 있었다.

출장으로 혼자 가끔 오기도 했었지만 이렇게 온전히 나를 위해 오기는 처음이다. 처음으로 파리에 온 기분이었다. 딱히 약속이 없으니 그저 혼자 걸으면 그뿐이었다. 걷다가 목이 마르면 카페에 들러 페리에민트를 마시고, 또 걷다가 배가 고프면 라파예트 백화점 푸드코트에서 싱싱한 생선 요리와 풍미 가득 육즙이 흐르는 스테이크를 즐겼다. 아! 당연히 와인도 함께! 샹젤리제Champs-Élysées 거리를 걷고, 마레지구Le Marais를 돌아다니고, 튈르리 가든Jardin des Tuileries에서 썬텐을 하고. 자유로웠다. 파리가 이렇게 아름다운 곳이었나?

매번 올 때마다 남편 가족에, 친구에, 또 다른 스케줄에 여유가 없었다. 이리저리 뛰어다니느라 늘 반쯤 혼이 나가 있었던 것 같다. 나를 위한 시간은 거의 없었다. 매번 남편이 이끄는 곳으로 가는 나는 참 답답했다. 자유는 말할 나위도 없고 진정한 즐거움이 없었다. 그런데 이번엔 온전히 나를 위해 왔다. 그래서인지 모든 것이 처음처럼 느껴졌다. 혼자 당당히 파리를 즐기고 있는 내가 너무도 좋았다.

아마 이때부터였을 수도 있다. 홀로서기를 준비했던 것

이…. 진심으로 프랑스를, 프랑스어를, 파리를 사랑하고 싶어 했던 것이…. 늘 가던 곳이 새롭게 느껴지는 건 그곳이 변한 게 아니라 내가 변했다는 말이다. 나는 변하고 있었다. 변하고 싶어서 변했든 자연스레 그렇게 되었든 나는 그 변화를 기꺼이 받아들이겠다.

어쩌다 프랑스어를 하게 된 것이 아니라 이제는 사랑해서 하려 한다. 그리고 어쩌다, 의무감에 타인을 위해 파리에 가지 않고, 온전히 나를 위해 즐기고 나를 위해 사랑하려 한다. 파리를….

✦

강릉

"M, 이제 강릉으로 내려와 우리랑 같이 재밌게 살자."

친구가 말한다. 외진 곳에 홀로 있는 내 모습이 외로워 보였으리라. 무얼 해야 할지 몰라 갈팡질팡하는 내 모습이 불쌍했으리라. 무언가를 붙들고 놓지 못해 안달이 난 내 모습이 안타까웠으리라. 친구는 내가 힘들 때면 언제나 옆에 있었다. 몸은 멀리 있어도 자주 연락을 하지 않아도 늘 마음속에 자리 잡고 있는 천사 같은 친구. 한두 명이 아니다. 고등학생 때 우연히 만난 아이들. 내 인생에서 가장 잘한 일 중 하나가 친구들을 만난 일이다.

"나 지금 강릉이야."

"그래? 언제 왔어?"

"응, 지금."

"연락 좀 하지."

"응, 갑자기 내려왔어. 이제 다시 나가려고"

"어디로 가려고?"

"응, 그냥 걸으려고. 경포대에서 습지를 따라 바다까지 가서 송정 솔밭을 지나고 강문인가, 거기까지 갔다가 커피숍에서 책 좀 읽으려고."

"오늘 좀 추울 텐데. 옷 따듯하게 입고 왔어?"

"응, 괜찮아. 오빠 집인데 조카 옷 좀 빌렸어."

"그래? 잘됐네. 지금 갈 거면 내가 지금 오빠네로 갈게."

"응? 시간이 돼?"

"응, 얼굴도 보고, 경포대까지 태워 줄게."

"그래."

친구는 오랜만에 갑자기 연락한 나에게 언제나처럼 또 친절하다.

"그래, 내일은 뭐 할 거야?"

"내일도 걸을 거야."

"내일은 같이 걷자."

"그럴래? 바우길 코스가 여러 개가 있더라. 그중에 하나를 골라서 알려줄게. 내일 봐. 태워줘서 고마워."

친구를 뒤로하고 걷기 시작했다. 경포대 옆 뚝방길을 시작으로 습지를 지나 바다로 갔다. 4월이라 바닷바람이 제법이다. 옷을 여미고 머리에 머플러를 둘러매고 걸었다. 해변에 우뚝 서서 어둑해지는 바다를 하염없이 바라보았다. 들이치는 파도, 밀려가는 모래소리. 자연의 소리만이 가득하다. 머릿속이 텅 빈다.

근처 카페에 들어가 따뜻하고 달콤한 캐러멜 마끼야또를 주문했다. 이번에는 과거와 달리 에스프레소 크기가 아닌 일반 크기로 주문했다. 책을 펼쳐 들었으나 활자가 눈에 들어오지 않는다.

넓은 바다를 바라보니 멀리서부터 견고하게 자신의 모습을 만들어 전진하는 파도가 보였다. 왼쪽에 하나, 오른쪽에 하나, 중앙에 또 하나. 일정한 간격을 두고 점점 더 세력을 높이던 파도가 해변가에 다다르더니 다른 한쪽의 파도와 부딪혀 하얀 포말을 일으키며 형체 없이 깨져버린다. 왼쪽에도, 오른쪽에도, 중앙에도, 깨지지 않는 파도는 하나도 없다. 모두 다 헛수고를 그리하고 있었다. 만들고 전진하고 커지다가 결국 형체 없이 사라져버리는. 부딪쳐서 깨지는 순간이 너무도 짧아 허무할 지경이다. 힘없이 깨진 파도는 언제 존재라도 했냐는 듯 이 세상에서 사라지는 것이다.

'한 순간에 맥없이 사라질 걸 뭐하러 저렇게 애를 쓰지?'

참 허무하다는 생각을 하며 끝없이 밀려오는 파도를 보며 캐러멜 마키아또를 음미했다. 달콤하다.

'J가 한 말이 맞을까? 나는 차라리 이곳으로 내려와 친구들과 재미있게 사는 게 맞을까?'

친구의 제안에 내가 대답했다.

"나도 이곳이 좋아. 언젠가는 나도 여기서 살고 싶어. 내가 살았던 곳이고 우리 가족과 너희들이 있는 곳이고. 아등바등하지 않고 살아도 될 것 같은 곳이니, 언젠가는 이 곳에 정착하러 오겠지. 그런데 지금은 아닌 것 같아. 난 아직 할 일이 있어. 해야 할 숙제가 있어. 그 숙제를 끝내야겠어."

강릉. 지금은 그곳으로 갈 수 없다. 아름다운 바다와 산이 있는 너무나 평화로운 곳. 가족과 친구들이 있는 곳. 그러나 나는 아직 도시형 사람이다. 몸을 움직이면 지척에 편의점이 있고 카페가 있고 갤러리와 여러 스타일의 레스토랑을 쉽게 접할 수 있는 곳. 다양한 문화시설이 근처에 있어 걸어가도 충분하고, 대중교통이 발달하여 쉽게 이동할 수 있는 그런 곳. 그런 곳이 아직 나에게는 필요하다.

그리고 무엇보다도 나는 더 많은 세계를 경험하고 싶다. 지금 지내는 곳 이상으로 더 넓은 세계를 체험하고 공부하고 싶다. 나는 아직 배움이 즐겁다. 아니 이제야 다시 배우고 있으니 완성할 일이 남았다. 삶이든 지식이든 배울 것이 많고 이루고 싶은 것 또한 많다. 시간이 지나 나의 지식과 경험이 내가 정착하는 지역의 발전에도 도움이 될 수 있다면 그 또한 얼마나 감사할 일일까. 그러니 나는 아직 해야 할 숙제에 집중하려 한다. 그리고 강릉으로 돌아가겠다.

◆

내가 뭘 좋아하는지

"꿈이 뭔가요? 무얼 해야 할지 모르나요? 무얼 좋아하는지 모르시나요? 제가 알려드릴게요!"

귀가 쫑긋해졌다. 매일 그토록 내가 찾던 답을 얻을 수 있는 순간이다. 수 없는 검색으로 기사, 블로그, 브런치, 유튜브를 읽고 들었다. 특히 유튜브 속 테드 강연자들에게서 답을 알려준다는 확신에 찬 목소리가 들리면 스크린에 최대한 집중했다.

"지금 당장 뭐든 하세요."

"뭘 기다리세요. 그냥 하세요. 로켓이 우주로 발사된다고 생각하고 다섯을 세세요. 자! 5! 4! 3! 2! 1! 시작!"

망설이지 말고 그냥 다섯을 세고 침대에서 나오란다. 그냥 하라고 한다. 그러나 그 무엇도 정말 내가 앞으로 무엇을 하고 싶은지, 해야 하는지에 대한 답을 시원하게 알려주지 않았다. 댓글을 보면 많은 사람들이 각각의 영상을 보고 얻은 영감과 용기에 감사하다며 칭찬 일색이다. 그런데 나에게는 뭔가가 빠져있는 듯한 영상들. 강연자가 공유하는 자신의 경험이 참으로 마음에 와닿으면서도 그때뿐이었다.

그런데 어느 날 한 번 들어나 볼까 하고 클릭한 영상으로 '이 말이 맞을까' 하는 이상한 느낌을 받았다. 뇌리에서 떠나질 않았다.

"어릴 적 무얼 하며 시간을 보냈는지 회상해 보세요. 그세 여러분이 진심으로 좋아하는 것일 가능성이 큽니다. 거기서부터 출발하세요."

'내가 어릴 적에 주로 하고 놀았던 것? 그건 책을 읽고 자연에 있는 꽃을 바라보는 일이었는데, 그림도 잘 그리고 싶다는 생각을 늘 하긴 했었지. 그게 내가 정말 좋아하는 일이라고?'

추리소설을 읽으면서 탐구하고 상상의 나래를 펼쳤던 어린 시절이 기억이 났다. 그러나 그게 이제 와서 내가 하는 일에 어떤 도움을 준다는 말인가? 오히려 시간이 없다

는 핑계로 책을 멀리한 지도 오랜데, 책을 읽는다고 돈을
벌 수 있는 것도 아니지 않은가.

"난 이제 어떻게 해야 할지 모르겠어. 무얼 하고 살아야
할지도 모르겠어. 돈을 벌어야 할 텐데…."

"M, 넌 뭘 하는 걸 좋아해?"

"응? 나? 나…. 나는… 사실 내가 뭘 좋아하는지 모르겠
어."

친구의 질문에 40대 후반에 들어선 여자의 입에서 나오
는 대답이라곤 상상이 되지 않았다. 창피했다. 도대체 나는
내가 뭘 좋아하는지도 모르고 있다.

사실 어떻게 살아야 할지, 무얼 하고 살아야 할지에 대한
질문을 나는 아주 오래전부터 해왔다. 결혼 생활의 어느 시
점부터였다. 내가 사들이는 책의 제목들이 심상치 않았다.
그때는 몰랐다. 이제 와 보니 나는 무던히도 열심히 질문을
하고 있었다. 《How to Survive 어떻게 살아남을 것인가》, 《How
to Stop Worrying and Start Living 걱정을 멈추고 새 삶을 사는
비법》, 《Où es-tu? 너는 어디에 있니?》 등 영어와 불어로 된 책
을 읽어갔다. 언어를 공부하려고 산 책이라고 생각했다. 그
러던 중 인천 공항에서 《어떻게 살 것인가》라는 제목을 보

고 자석에 이끌리듯 집어들었다. 유시민 선생님이 쓰신 책이다. 한국어로 된 책은 정말 오랜만이다. 몇십 년은 된 듯하다. 책 읽기를 끝내니 한 문장이 머리에 맴돌았다.

'놀고 일하고 사랑하고 연대하라.'

그리고 그 한 문장보다 더 진하게 남은 한 단어가 있었다. '연대.' 그동안 사람들을 피해 살았다. 그런데 '어떻게 살 것인가'에 대한 질문에 연대를 하라고 하신다. 연대, 連帶, 잇닿을 연(련), 띠 대. Solidarity. 여럿이 함께함(네이버 사전). 사회적 동물인 인간의 본능이라고 한다. 내가 과연 사람들과 공동의 선을 공유하는 주체사로서 살아살 수 있을까? 유시민 선생님의 책을 읽고 머릿속에서 '연대'가 떠나질 않았다. 오랫동안 고립되어 살아왔다는 생각해서일까?

"M, 너는 할 수 있어!"

그녀는 목소리에 힘을 주며 말했다.

"너는 할 수 있는 게 너무 많아. 언어도 잘하고, 요리도 잘하고 미적 감각도 있어."

대학에서 인테리어 디자인을 전공한 그녀의 말이다. 그녀는 내가 3개 국어(한국어, 영어, 불어)를 한다며 늘 부러워한다. 내가 만든 마카롱이 세상에서 제일 맛있다고 야단법

석이다. 내가 요리한 양고기와 바바오럼Baba au Rhum이 환상적이었다고 두고두고 침이 마르도록 칭찬을 한다. 그녀의 남편도, 우리 집에 초대되어 나의 요리를 맛본 지인들도 모두들 적잖이 놀라곤 했다. 테이블 세팅과 인테리어에도 일가견이 있다며 나에게 팁을 구하기도 했다. 캐네디언들은 착하디착한 사람들로 유명하다. 어떤 음식을 대접해도 세상에서 최고로 맛있다고 말하는 사람들이다. 입바른 말일 수도 있고 아닐 수도 있다. 그러나 진심은 언제나 어디서나 통하는 법. 그녀의 진심어린 말이 늘 고마웠다. 그리고 이번엔 그녀의 진심어린 질문에 고민을 하기 시작했다.

'내가 정말 좋아하는 게 뭐지? 나는 왜 내가 좋아하는 걸 좋아한다고 말하지 못하지? 나는 사실 내가 무얼 좋아하는지 알고 있는지도 몰라.'

내가 좋아하는 것과 잘하는 것 사이에서 방황한다. 잘하는 것보다 좋아하는 걸 하고 싶지만 생계를 생각하면 좋아해도 좋아하면 안 될 것 같은 두려움에 사로잡혀 살았다. 그런데 언제까지 좋아하는 걸 떳떳이 좋아하면 안 되는 걸까?

어릴 적 내가 나도 모르게 본능적으로 끌려서 늘 하던 일이었다. 책읽기, 꽃을 감상하기, 그림그리기. 이제라도 나의 본능 그대로를 인정하고 살아가는 게 중요하다. 그렇다고 잘하는 것을 송두리째 잊고 살아가는 것은 또 아니지 않은가. 내가 지금 잘하는 것은 그동안 내가 살아온 삶의 결과이다. 외국어를 잘하고, 요리를 잘하고, 미적 감각을 어느 정도 갖추고 있음은 나의 자산임에 분명하다. 유시민 선생님은 '놀고 일하고 사랑하고 연대하라' 하셨다. 그중 머리에서 떨쳐지지 않는 단어. '연대'. 나는 본능적으로 '좋아하는 일'과 경험을 통해 얻은 '잘하는 일'을 엮어 사람들과 '연대'할 수 있는 방법을 찾아보려 한다.

우연히 발견한 테드 강연자님, 그리고 신심으로 나에게 용기를 준 내 친구 B. 그리고 유시민 선생님께 좋은 인사이트 주심을 진심으로 감사드린다.

"유시민 선생님, 저는 상하이에 있었습니다. 그날도 집 옆 카페 테라스에 저희 강아지 밀로와 함께 자리를 잡고 당근 주스를 주문했어요. 그날 선생님의 책을 읽고 있는데 갑자기 비가 세차게 쏟아지더라구요. 간혹 바람에 빗방울이 책에 튀었지만 개의치 않았습니다. 읽기를 멈출 수가 없었어요. 재밌었어요. 그리고 후에 느꼈답니다. 수십 년 만에 발견한 한국어책이 선생님의 책이었다는 게 저에겐 네잎클

로버, 럭키쎄븐, 쌍무지개, 다이아몬드 같은 행운이었다는 걸요! 아부가 지나치다구요? 그래도 어쩔 수 없어요. 하하하! 그날의 빗소리와 선생님의 글귀를 잊을 수가 없네요."

◆

상공회의소

성공은 어떻게 하는 걸까.

하나를 신댁해서 1년만 딱 눈감고 밤낮없이 잠도 못 자고 했더니 사업이 어느 성도 괘도에 올라 성공했다고 한다. 어떤 유튜버의 이야기이다. 또 어떤 이는 5년 동안 열심히 노력한 끝에 평생 이루고자 했던 걸 모두 이루었다고 한다. 목표하는 바를 이루어내는 사람은 존재한다. 거짓말이 아니다. 그런데 왜 나는 여전히 성공을 못해서 아등바등인걸까. 왜 성공이라는 단어가 참 멀리 느껴지는 걸까. 아마도 꿈이 너무 커서일까? 아니면 나의 꿈이 이루어질 수 없는 허황된 것이라 생각해서일까?

"M, 넌 아직 젊고 아름다워. 능력도 있잖아. 그동안 네가 한 일들도 그렇고, 그런 일은 아무나 할 수 있는 일이 아니야. N보다 잘 돼서 본때를 보여주라구!" 친구가 말한다.

"내가 무슨 수로 그를 이겨? 내가 쳐지는 동안 그는 날개를 달고 승승장구했는데. 내가 어떻게 그보다 성공할 수 있겠어?" 내가 대답했다.

"나도 몰라. 그런데 넌 할 수 있어, M! 방법을 찾아봐. 넌 해낼 거야!"

친구는 나를 위로해 주고 싶어 했다. 용기를 북돋아 주고 싶어 했다.

내가 남편보다 성공할 방법은 도대체 무엇일까? 마케팅 분야 가운데 세계 최고의 기업에서 일을 하는 그보다 내가 더 잘 될 방법이 도무지 생각나지 않았다. 무언가에 도전해서 결과물을 만들어내는 일을 내가 다시 할 수 있을까? 아무리 생각해보아도 남편보다 성공할 계획을 짜내기가 쉽지 않다. 그러다 생각했다.

'성공? 성공 좋지. 나도 잘되고 싶어. 누구보다 더 잘되고 싶어. 그런데 나를 봐. 내가 아무리 3개 국어를 하고 해왔던 일이 있다고 해도 무슨 수로 해내겠어. 그 잘한다는 3개 국어도 완벽히 하는 것도 아닌데. 한국에는 아는 사람도 없고

내 일은 눈에 보이는 일이 아니잖아. 너무 추상적이야. 나만의 상품을 만들어내는 것도 아니고….'

　나는 어느덧 어린 왕자가 말하는 그 속물 같은 어른이 되어 있었다. 모든 걸 숫자로 생각하는 사람은 그 누구도 아닌 나였고, 보이지 않는 코끼리 그림 따위엔 조금도 관심이 없었다.

　'어떻게 하면 성공을 할 수 있지? 숫자가 보여야 성공이잖아. 우리는 자본주의 사회에 살고 있으므로 숫자를 거부하는 건 현실적이지 못해.'

　나의 부정적인 독백은 여기서 끝이 아니었다.

　'그리고 내 꼴을 봐. 오랫농안 일도 안 하고 있잖아. 주위를 봐. 내가 무얼 할 수 있겠냐고!'

　외국대사, 외국인 대사관직원, 대기업 고위 임원, 글로벌 파이낸셜 그룹 직원, 국내 최고 로펌의 변호사, 대기업의 사장급들. 모두 내가 일적으로 사적으로 관계하던 사람들이다. 외국인들이 대부분이지만 한국인들도 외국에서 엘리트 과정을 밟고 온 사람들이다. 모두 다 잘난 사람들뿐이다. 나는 어떤가? 강원도 시골 출신에 지방대를 나오고 외국경험이 좀 있을 뿐. 뭐하나 내세울 게 없어보였다. 어떤 이들에겐 내가 가지고 있는 경험과 능력이 대단해 보일 수 있다. 그런데 스스로는 그런 생각이 들지 않았다. 주위 사람들보다 못한 점이 눈에 많이 들어왔다. 열등의식이 있었다.

상공회 모임은 비즈니스 네트워킹이라는 명목 아래 있는 그대로의 '순수한 나'를 잘 꾸미고 감춰야 하는 곳이다. 그러니까 '나'를 잘 만들어야 한다. 당연하다. 그곳은 '나'라는 상품을 홍보하거나 기업을 알리기 위해 가는 곳이니. 적극적으로 문제를 잘 해결할 수 있는 능력을 갖추었음을 명확히 보여주는 것이 중요하다. 긴장을 풀기 위해 재미있는 이야기를 하는 센스도 잊지 말아야 한다. 처음 보는 사람들과의 담소가 오히려 긴장될 수 있으나 어떨 때는 술이 도와주므로 가능하기도 하다. 내 본성과 반하는 이 모임에서 많이 힘들어했다. 그래서 가끔 참여하던 그 모임도 임신을 위해서라며 멀리했다. 그런데 사실 그건 핑계에 불과했다. 내 안에는 열등감이 단단히 똬리를 틀고 있었다.

성공에 대해 진지하게 생각해 보았다. 나에게 있어 성공이란 무엇일까? 돈을 많이 버는 것만이 성공은 아닐 것이다. 헤어진 전 남편을 이기는 것이 성공이 아닐 것이다. 내가 가치 있다고 느끼는 일을 하며 경제적인 자유를 얻어 나

스스로를 돕고 나처럼 한때 힘들었던 사람들을 도울 수 있다면 그런 게 성공이 아닐까.

나에게는 그런 게 성공이다. 나의 가치와 맞는 일을 선택하고 몰입해서 이루어내고 싶다. 어린 왕자가 이해하지 못하는, 숫자를 사랑하는 어른이 되었어도 한때 어린아이였음을 잊지 않고 살아가고 싶다. 상공회 모임, 스스로 당당하고 홍보가 필요하다면 그 또한 당연히 도움이 될 수 있다. 자본주의 사회에서 비즈니스는 사라지지 않는다. 나와 관계하는 잘난 사람들 때문에 열등감을 느낄 게 아니라, 그런 사람들이 주위에 있다는 걸 감사히 여겨야 할 것이다.

♦

마고Margot

숨을 쉬러 들어갔다. O2 산소를 흠뻑 마시고 싶었다. 5월의 숲은 온통 초록초록하다. 걸었다. 빠르게. 몸 안에 있는 나쁜 공기를 미련 없이 쏟아내고 숲이 만들어낸 신선하고 맑은 산소를 마시고 싶었다. 최선을 다해 쏟아붓고 최선을 다해 들이켰다. 그리하여 나의 세포 하나하나가 온전히 새것으로 바뀌길 진심으로 바랐다. 급하게 걸었다. 숨을 거칠게 몰아쉬었다. 그럴수록 더 많은 산소가 내 몸에 들어와서 더 빨리 새 몸으로 바뀔 것만 같았다. 그래서 가끔 뛰기도 했다.

전에도 여러 번 산에 갔었다. 북한산, 북악산, 인왕산, 낙산, 설악산, 남산 등등. 매번 빨리 걷고 빨리 정상으로 올라가는 것이 목표였다. 가는 길에 어쩌다 꽃을 만나면 기분이 한껏 들뜨기도 했고, 높은 지대를 가파르게 오르다 생각지도 못한 평평한 시골길 같은 오솔길을 만나면 콧노래가 나오기도 했다. 그럴 때면 마치 하늘을 걷는 것처럼 괜히 발걸음이 가벼워지기도 했다. 때마침 불어오는 시원한 바람으로 이마의 땀을 식히기도 하고, 힘들면 근처 바위에 걸터앉아 잠시 쉬어가기도 했다. 산 정상으로 가는 길에도 자연은 언제나 맑고 신선했다. 주위를 돌아보지 않고 끝을 향해 걸어가는 내게 숲은 매번 친절했다. 헉헉대며 거칠게 숨을 몰아쉬어도 늘 관대하게 나를 받아 주었다.

이번에도 가야 할 곳이 있다. 북한산이나 인왕산 꼭대기처럼 높은 곳은 아니지만, 목적지가 있다. 한 시간 안에 목표한 지점까지 갔다가 돌아오기. 열심히 걷고 뛰었다. 중간에 마주치는 작은 시냇물과 징검다리를 지나 여러 갈래길 중 하나를 선택해서 이리로 저리로 종횡무진 한다. 숲은 언제나처럼 그 자리에 있었고 나는 사라졌다 다시 돌아왔다. 그날도 열심히 걷고 뛰었다. 그런데 알 수 없는 소리에 걸음을 멈추고 주위를 둘러본다. '아침 일찍이라 사람들이 없을 텐데.' 고요하다. 한 바퀴를 뻥 둘러보니 역시 나 혼자

다. '분명 무슨 소리가 났는데….' 그런데 바로 그때 숲이 보이기 시작했다. 온통 초록으로 나를 에워싸고 있는 나무와 풀. 초록 잎들 사이로 바람이 들어오고 햇빛이 반짝거렸다. 멈춘 자리에 우두커니 서서 한참을 숲을 바라보았다.

'나는 어디로 가고 있지? 왜 빨리 가야 하지? 나는 지금 왜 뛰어야 하지?'

아파트 짐Gym에 있는 러닝머신 위에서 걷고 뛰기를 반복했다. 숨이 턱까지 차오르고 심장이 터질 것 같은 한계를 경험하고서야 그곳에서 내려오곤 했다. 러닝머쉰 위에선 주위로 잠시라도 눈을 돌리면 위험하다. 오로지 집중만이 필요할 뿐이다.

나는 숲을 러닝머신으로 생각한 걸까? 숲에 들어온 지 수개월이 지나도록 한 번도 숲을 제대로 바라본 적이 없었던 것 같다. 찬찬히 보니 하늘로 쭉쭉 뻗어있는 나무들, 그 단단한 몸통과 가지들, 가지를 뚫고 세상 밖으로 나온 여리여리한 잎들, 그리고 땅속 지구 중심으로 뻗어있는 튼튼한 뿌리들이 있었다.

"나야 나! 나 여기 있어, 여기! 여기라니까."

꽃 하나가 말을 걸어온 모양이다. 가까이 가니 진분홍색이고 조그맣다. 어쩌면 그리 작은지 참 앙증맞다. 그러나 명료하고 반짝반짝 빛이 난다. 꽃잎이 다섯 개. 여기에도 피어 있고 저기에도 피어 있다. 처음 보는 꽃인데 이미 활짝 핀걸 보니 분명 어제도 있었을 것이다. 그동안 앞만 보고 걸었다. 내딛는 발만 보고 뛰었다. 목적지에 가기만을 집중했다. 그러니 당연히 못 보았을 것이다. 한참 동안 꽃을 바라보았다. 이리 보고 저리 봐도 조그만 게 참 기특하다. 작디작아도 자신감과 패기로 똘똘 뭉친 그 꽃은 존재감이 있었다. 그날부터였다. 내 안에 숲이 들어오기 시작했다.

내가 가는 숲에는 많은 일들이 일어난다. 매일 주인공이 바뀌고 매일 새로운 일이 일어난다. 어제는 그 진분홍색 앙증맞은 꽃이, 오늘은 초록색 긴 대에 대롱대롱 마치 카스테라처럼 노랗게 방울방울 피어있는 꽃이, 내일은 날아가는 새 모양을 한 파랗고 보라빛 나는 꽃이 나를 부를 것이다. 어떤 날은 정신없이 잣을 뜯어 먹는 청설모와 눈이 마주치고, 또 어떤 날은 유유히 갈 길을 가는 화려한 꿩을 마주하기도 한다. 숲에 들어온 이후부터 나의 걸음은 부드러워졌고 마음은 평온해졌다.

오로지 나와 초록 그리고 숲속의 생명체만이 존재한다.

둥그렇게 둘러싸 온전히 나를 감싸주는 하늘과 나무, 땅 그리고 우리의 숨. 나는 숲과 대화를 시작했다. 떠오르는 생각을 그대로 바라보며 걷다보면 숲이 답을 주었다. 머릿속이 복잡해서 생각이 꼬리에 꼬리를 물고 있으면 갑자기 짹짹거리는 새들이 나타나 생각이 연기처럼 사라지기도 하고, 다시 마음이 급해져서 걸음이 빨라지면 숲 사이로 황금빛 태양과 파아란 하늘을 보여주기도 했다. 아무 생각 없이 걷다가 보랏빛 꽃밭을 만나기도 하고, 겨울을 나기 위해 열심히 먹이를 나르는 어미 새와 마주치기도 한다. 이렇게 매일 숲과 나누는 대화는 매일 신선하고 매일 기대가 된다. 봄, 여름, 가을, 겨울, 맑은 날도 비오는 날도 눈오는 날도….

다니던 길을 벗어나 유유히 숲을 걸은 지 며칠만이었다. 오솔길 중앙에 가늘고 작은 나무가 우뚝 솟아 있다. 어린나무인 것 같다. 가는 몸통에도 사방으로 가지가 뻗어 있다. 뻗어있는 가지에는 싱그러운 초록 잎이 무성하게 자리를 차지하고 있다. 길 정중앙에서 자신을 마음껏 뽐내고 있는 여리고 어린 나무. 하지만 절대로 연약해 보이지 않는다. 홀로 예쁘게 자리하고 있는 그 나무에서 기개와 품위가 느껴진다. 사람들이 지나다녀도 아랑곳하지 않고 멋지게 살아가고 있다.

나는 그날 그렇게 당당히 서 있는 나의 나무 '마고Margot'를 만났다. 여름, 가을이 지나고 겨울에 접어들자 마고도 잎을 떨어뜨리고 겨울나기를 준비했다. '여리고 연한 우리 마고가 겨울을 잘 견딜 수 있을까. 내년 봄에도 풍성한 잎을 만들 수 있을까?' 눈 덮인 마고의 앙상한 가지를 만지며 걱정했다. 그러나 기우였다. 마고는 찰지게 겨울을 났고, 올봄에는 지난해보다 더 튼튼하게 자라 단단한 몸통과 초록 옷을 한껏 뽐내고 있었다. 숲에서 당당히 살아가고 있었고 자신의 속도로 온전히 계절을 만끽하고 있었다. 마고가 말을 걸어온다.

"M, 걱정하지 마. 삶은 살아지는 거야. 너를 잃지만 마. 계절마다 너를 찾으라구. 그러면 너의 잎도 초록으로 싱싱하게 빛날 거야!"

◆

인스타그램

"C'est manifique, Brovo!" "멋지구나, 브라보!"

심장이 쿵! 하고 내려앉았다. 인스타그램에 올린 그림을
보고 코멘트를 남겼다.

N의 어머니 마망이다(아직 그녀를 어떻게 불러야 할지 모르겠
다.). 역시 마망이다. 일흔이 되어도 인스타그램이라는 새로
운 툴을 사용할 만큼 트랜드에 민감한 분이시다.

내가 남편과 헤어졌어도 마망은 매년 새해에 카드를 보
내왔다.

"M, 앞으로의 새로운 날을 응원할게, 마망과 파파가."

"M, 잘 지내고 있길 바래, 2021년 새해를 축하해! 마망
과 파파가."

새해가 되면 어김없이 날아오는 그녀의 카드에 매번 간단한 감사의 인사로 답변을 할 뿐이다.

"감사합니다. 마망, 파파도 건강하시길 바랍니다."

그 이상 할 말이 없다. 내가 걱정되어 보내는 카드인 것 같아 더더욱 할 말이 생기지 않는다. 그저 잘 지내고 있고, 새해 복 많이 받으시라는 말을 되풀이할 수밖에. 아! 그리고 밀로를 잘 돌봐주고 있어 감사하다는 말을 빼먹지 않는다.

인스타그램은 그림을 그리기 시작하면서부터 했다. 내가 그린 그림을 어딘가에 정리해서 저장해 두고 싶었기 때문이다. 그림을 그리기 시작한 지 일마 되지 않아서 완성도 있는 그림을 그리는 속도도 느리다. 그러나 나도 무언가 창조를 하고 창의적인 활동을 하는 것이 즐겁다. 더디지만 내가 그린 그림과 그동안 작업했던 꽃을 피드에 하나씩 올려놓았다(꽃은 상하이에서 배웠고, 한국에서도 가끔 연습한다). 그걸 마망이 보고 코멘트를 달았다. 아마도 인스타그램 계정을 만들고 자연적으로 뜨는 지인들의 피드를 찾아 들어왔을 것인데, 그냥 지나치지 않고 굳이 하트를 달고 말을 걸어왔다.

많이 놀랐다. 가슴이 떨렸다. 회답을 해야 하는 걸까? 뭐라 답을 해야 할까? 사정을 잘 아는 프랑스인 친구에게 조언을 구했다.

"M, 그냥 간단히 감사하다고 답변을 해. 간단히 걸어온 말이니 간단히 답하면 되지."

'그래, 가볍게 답해도 되지. 말을 못 할 건 또 없으니.'

헤어지기 전 남편이 말했다. 헤어지더라도 마망과 파파와 연락을 하고, 집에 방문하라고. 헤어지더라도 자신은 사라지지 않을 것이라고. 필요한 것을 도와주겠다고….

프랑스인 친구들 중 함께 오래 살다가 따로 사는 커플이 있다. 그들의 모습에 무슨 말을 해야 할지 몰랐다. 민감한 문제이니 함부로 말하고 싶지 않았다. 당시 내 눈엔 헤어진 커플로 보였으나 서로 잘 지낸다 한다. 오히려 관계가 더 좋아졌다고 하니 참 의외이긴 했다. 또 다른 프랑스 친구의 파티에 초대받았다. 장소는 남자친구 집 야외 테이블. 우리는 한참을 와인과 음식을 먹으며 즐겁게 이야기를 나누고 있었다. 순간 집안 2층 계단에서 어떤 여인이 내려오더니 우리를 향해 인사를 한다. 모두들 함께 인사를 하면서도 당황해서 서로 얼굴을 쳐다보고 있자 친구가 말한다.

"응, 남자친구의 전 여자친구야. 2층에 살고 있어."

남자는 1층, 여자는 2층에 산다고 한다. 아이를 위해서

란다. 밖에 현관이 따로 있기도 했지만 안으로 1, 2층이 나선형 계단을 통해 뻥 뚫려있는 구조였다. 아이는 원하면 언제든지 엄마와 아빠를 만날 수 있었다. 아이를 생각하면 참 이해가 되는 삶의 방식이지만 또 한편으로는 잘 이해가 되지 않았다. 현 여자 친구에게 실례가 되지 않을까 하는 생각이 들었다. 나라면 그런 관계 안에 있고 싶지 않을 것 같다. 헤어지면 끝인데, 아이들이 있으면 내 생각도 달라질 수 있을까? 잘 모르겠으나 끝은 점을 찍는 것이므로 선이 될 수 없다고 생각했다.

그런데 이제 와 생각해보니 내가 전 남편의 가족들과 연락을 하든 하지 않든 그건 중요한 문제가 아닌 것 같다. 중요한 것은 나의 감정이고, 연락을 주고받더라도 '나'가 관계의 주체가 되어야 한다는 생각이다. 그런 관계라면 선으로 이어갈 수 있겠다는 생각이 든다. 시간이 지날수록 이 세상에서 나에게 찾아온 관계는 모두 우연이 아니었음을 알게 된다. 지금은 괴롭고 힘들어도, 그들은 나에게 소중한 인연이었고 아직도 소중한 인연일 수 있다. 나의 에너지를 부러 소비해서 그들을 나에게 또는 내가 그들에게 가고 싶지는 않다. 그러나 우리는 이 세상을 함께 살아가고 있고 모든 것은 필요에 의해 자연스럽게 일어나고 소멸하고 또 일어날 것을 믿는다. 밀로를 맡아서 키워주고 있는 그들에게 감사의 인사를 하는 것도 도리일지 모른다.

인스타그램을 타고 나에게 말을 걸어준 마망의 마음을 생각해 보았다. '무슨 마음으로 나에게 말을 했을까?' 쿨한 마망답게 쿨하게 말을 걸었을 수도 있다. 아니면 '걱정되는 마음에서 말을 걸었을까?' 무슨 마음으로 나에게 말을 걸었을까 하는 고민을 붙들고 있다 불현듯 '탁'하고 끈을 놓아버렸다.

'그래, 어찌 됐건 고마운 마음이 들었으니 고마움을 표하자. 그거면 됐어.'

"감사합니다!"

"정말 고맙습니다!"

간단히 한마디씩 하며 마음을 표했다. 머지않아 나 또한 모든 걸 초월하여 쿨하게 온전히 평온한 마음으로 답글, 아니 말을 걸고 싶다.

"마망, 잘 지내고 계시죠?"

◆

엄마

"엄마를 생각하면 분노가 치밀어 올라요."

"왜요?"

"엄마는 이기적인 사람이에요. 본인밖에 몰라요."

"그게 무슨 말인지 구체적으로 말해줄 수 있나요?"

"모든 것에 무관심해요. 자식들에게도 관심이 없어요. 자라면서 다른 부모님처럼 공부하라는 말도 한 번도 안 해줬어요. 자식이 공부를 하든 말든 어디 가서 나쁜 짓을 하든 말든 무관심한 사람이에요. 본인의 감정이 가장 중요한 사람이에요. 저는 어릴 때부터 엄마가 이해 되지 않았어요."

"계속해 보시겠어요?"

"저는 엄마라는 호칭을 엄마에게 부르는 게 너무 어색해요. 명절 때에도 되도록 가지 않아요. 특히 설날에 어른이라고 절을 받는데 그 모습이 너무 위선적이에요. 엄마도 제가 본인을 그렇게 생각하는 걸 알아요."

"왜, 무슨 일이 있었나요?"

"제가 어렸을 때 그러니까 태어났을 때 엄마와 떨어져 있었다고 들었어요. 지금으로 말하면 산후 우울증인지 뭔지 모르겠는데 잠을 못 주무셨다고 해요. 눕지도 앉지도 서지도 못해서 안절부절못했다고 해요. 숨도 잘 안 쉬어져서 죽는지 알았대요. 그게 저는 뭐였는지 잘 모르겠지만 어쨌든 엄마는 저를 돌볼 수 없으니 외할머니댁에 맡겼다고 해요."

"아이구, 어머니께서 많이 힘드셨겠어요."

"네, 그렇긴 하죠. 그런데 어찌 됐건 그때 엄마와 떨어져 있어서 제가 애정 결핍이 생긴 게 아닌가 하는 생각을 해요. 기억이 나진 않지만."

"아이가 엄마와 떨어지면 그럴 수 있죠. 얼마나 오래 떨어져 있었나요?"

"모르겠어요. 몇 개월은 되겠죠? 안 물어봤어요. 엄마가 나중에 저를 보고 못 알아볼 정도로 포동포동해졌었다고 하니까요. 그 후로도 자주 외가댁에 갔었구요."

"외할머니는 어떤 분이셨나요?"

"외할머니는 저를 정말 너무 사랑해 주셨어요. 외가댁에 큰외삼촌 가족과 작은외삼촌도 계셨는데 모두 저를 너무 예뻐해 주셨죠. 당시 저희 집은 시골에 있었고, 외가댁은 멀리 떨어진 도시 같은 곳이어서 볼 것도 더 많았고 그랬죠. 외할머니는 모르시는 게 없었어요. 세상에 대해서도 잘 아시고 당시 제가 느끼기에는 박학다식하신 분이었어요. 트렌드에도 민감했구요."

"그럼 어머니는 어떻게 그 시골로 가신 거예요?"

"아버지가 둘째였는데 형을 대신해서 집인 농사일을 도맡아서 하신 거 같아요. 당시 지역에서 최고의 고등학교에 다니셨는데 그만두고 근처에서 부모님을 모시고 농부로 살기를 선택한 거죠. 아버지가 엄마를 보고 청혼했고 엄마는 마음에 없었지만 어른들의 성화에 결혼을 했대요. 농부인지도 몰랐다고 하는 것 같았어요. 그때는 그랬나 봐요. 결혼해서 처음으로 호미를 들어봤대요."

"아 그러셨군요. 어머니도 많이 힘드셨겠어요."

"네, 저도 엄마가 힘들었을 거라는 건 알아요. 그렇다고 모든 엄마가 저희 엄마처럼 이기적이고 자식들에게 무관심하지는 않잖아요."

"어머니께서 특별히 무슨 잘못을 하셨나요?"

"엄마는 저희에게 무관심했고…. 사실 저만 알고 있는 엄마의 일도 있어요."

"그게 뭔가요? 말씀해주실 수 있나요?"

"사실 그게…. 제가 초등학교 3학년 땐가 했어요. 엄마가 저를 어떤 아저씨에게 인사시키더라구요. 셋이서 대낮에 맥줏집에서 만났어요."

"그분이 누구셨나요?"

"엄마가 아버지 몰래 만난 사람이에요."

"아버지는 모르고 계셨겠군요."

"글쎄요, 처음엔 몰랐을 수도 있어요. 그런데 나중에 알지 않으셨을까요? 그렇게 오래 만났는데…. 알고 계셨을 것 같아요."

"아…, 아버지는 어떤 분이셨나요?"

"아버지는 알코올 중독 합병증으로 돌아가셨어요. 군대에서 위를 다치셔서 음식을 잘 못 드셨다고 해요. 그런데 막걸리는 드셨다네요. 농사일과 마을 이장 일을 병행하셔서 이래저래 술 드실 일도 많았대요. 그러다 보니 자연히 중독이 되신 거죠."

"아버님과 어머님의 사이는 어떠셨어요?"

"당연히 안 좋았죠. 매일 싸웠어요. 아버지는 구시렁거리고, 엄마는 소리를 지르면서요."

"저는 아버지보다 엄마에 대한 제 감정을 풀고 싶어요. 자식들이 어떻게 되든 말든 계획 없이 놀러 다니며 돈도 펑펑 쓰고, 급기야 집에 들어오지 않았어요. 제가 대학생 때였는데, 그때 저는 완전히 버림받았다는 느낌을 받았어요. 사실이구요."

"엄마는 어디에 계셨나요?"

"그 사람하고 있었죠. 아버지도 돌아가시고 안 세시고, 자식들이 모두 착해서 누구 하나 뭐라 하는 사람이 없으니, 그냥 집에 오고 싶으면 오고 나가서 있고 싶으면 그런 거였죠. 제가 세어 봤어요. 처음엔 하루걸러 하루씩 외박하더니 일주일에 한 번, 이주에 한 번, 삼주에 한 번 집에 들어오더라구요. 그때는 모두들 다른 도시에서 살고 있고 저 혼자 집에 있다시피 해서 저만 겪은 일이예요."

"아유, 참…. 힘드셨겠어요. 아직 어린 나이였는데…."

"한 번은 집 앞에서 어떤 놈한테 성폭행당할 뻔한 적이 있었어요. 그때 탈출하다가 죽을 뻔한 적이 있었는데, 그것보다 그때 엄마가 집에 없었다는 게 더 힘들었어요. 엄마는 그날도 그다음날도 안 들어왔었거든요."

"지금은 엄마분과 연락을 좀 하시나요?"

"아주 가끔 해요. 엄마는 제가 본인을 어떻게 생각하는지 알아요. 엄마와 대화를 하고 싶은데 이제 청력을 손실해서 제 말을 잘 알아듣지 못해요. 보청기를 끼고 있기는 해요. 그런데 제 말을 정말 잘 못 알아듣는 것 같기도 하고, 그러는 척하는 것 같기도 하고…."

"본인의 현재 상황이 힘들면 과거에 해결되지 않은 힘든 생각들이 올라온다고 해요. 아마 그래서 M은 엄마에게 더 그런 마음이 들지 않을까 해요."

"네 그럴 수 있어요."

엄마에 대한 내 감정을 상담한 내용이다. 나는 엄마와 대화를 하고 싶다. 자식들에게 무관심했던, 여전히 본인의 감정이 우선인 엄마와 말을 하고 싶다. 엄마의 삶에 대해 생각해 보았다. 호미를 처음 들어보고 황당했다는 말하는 엄마에게 호미 말고 자식들 얘기를 좀 해보라고 말하고 싶다. 아버지가 잘했다고 말하고 싶지는 않지만 그래도 아버지에게 미안하지 않았냐고 묻고 싶다. 엄마도 본인의 입장에서 할 말이 있을 것이다. 그러나 최소한의 예의는 지키는 게 맞는 거 아니냐고 말하고 싶다. 아버지가 돌아가시고 그 원수 같았던 남편의 제사를 진두지휘하며 마치 세상 가장 중요한 일인 양 목소리 높여 말하는 엄마에게서 위선을 느낀 나를 어떻게 생각하냐고 묻고 싶다.

엄마와의 오래된 감정을 풀고 싶은 마음이 간절하다. 나는 여러 각도에서 엄마의 인생을 생각해보기도 했다. 그러나 결론은 언제나 하나다. 엄마와 만나서 대화하기. 내가 엄마에 대한 원망을 마음속에서 떠나보내지 못하고 있는 건 엄마의 사랑을 갈구하기 때문이라는 걸 안다.

사실 엄마는 나에게 미안하다고 했다. 나는 당신이 부재했을 때 일어난 사건을 20년이 훌쩍 넘어 말하며 울었다. 그리고 나한테 미안하지 않으냐고 악을 썼다. 그랬더니 엄마가 말했다.

어릴 적 들었던 따듯한 음성 그대로,

"M, 엄마가 미안해. 그런 일이 있었는지 몰랐어. 엄마가 우리 M한테 많이 미안하다. 그 일은 잊어버려라."라고.

자존심이 센 엄마가 나에게 미안하다고 했을 때, 엄마의 사랑을 조금이나마 느끼긴 했다. 그러나 내 감정의 골이 너무 깊어서 온전히 치유되지 않는다. 나는 그것이 오히려 내가 엄마에게 사랑한다는 말을 못해서일 거라는 생각이 든다. 그래서 엄마가 돌아가시기 전에 사랑한다고 말하고 싶다. 아니 사실 그보다 더 빨리.

"엄마, 나 엄마 때문에 많이 힘들었어. 지금도 엄마가 미워. 그런데 이제는 덜 미워하고 싶어. 아니 이 미워하는 감정에서 해방되고 싶어. 그래서 '엄마 많이 사랑해.' 이 말은 꼭 하고 싶었어. 사랑해 엄마."

오늘도 세상 끝으로 향하는 엄마의 시간은 빠르게 흘러간다.

◆

밀로 Milo

나이: 한 달 후면 네 살

좋아하는 일: 먹기, 냄새 맡기, 친구들과 놀기

잘하는 일: 달리기, 친구 사귀기, 입으로 방울토마토 던지기

좋아하는 음식: 먹을 수 있는 거라면 다

키: 50 센티미터

몸무게: 22 킬로그램

컬러: 트리 컬러(갈색, 검정, 하양)

측정일: 2019년 5월(상하이에서 프랑스로 가기 직전)

"드디어 우리에게 강아지가 생기게 되는 거야."

밀리Millie를 만나러 가는 길은 설레고 신이 났다. 남편에

게 좋아서 어쩔 줄 모르겠다며 깍지 낀 양손을 턱밑에 대고는 몸과 머리를 흔들어 댔다. 입이 귀에 걸리고 콧노래가 절로 나왔다. 밀리를 만나러 가기 전 우리는 만반의 준비를 해두었다. 강아지 키우는 법, 함께 생활하는 법, 산책하는 법, 훈련법을 여러 책과 동영상 자료를 보며 공부했다. 이름을 불러주고 좋은 말해주기, 혼낼 때에는 절대로 이름을 부르지 않기, Attends(기다려), Panier(바구니로 돌아가), Mange(먹어), Assis(앉아), C'est bien(잘했어) 등등의 기본 명령어도 익혀두었다.

우리도 시저 밀란Cesar Millan(세계적으로 유명한 강아지 훈련사. 멕시코계 미국인으로 미국거주.) 아저씨처럼은 못되더라도 강아지를 잘 교육해서 함께 행복하게 잘 살고 싶었다. 성별은 여자아이로. 이름은 밀리Millie로. 2016년에 태어난 강아지 이름의 첫 글자는 M으로 시작해야 하는 프랑스 정부의 지침이 있다. 아파트에서 키워야 하므로 수컷보다는 암컷이 나을 거란 생각에 여자아이로 결정했다. 이런저런 이름을 생각한 끝에 두 음절로 부르기도 쉽고 어감도 귀엽고 여성스러운 '밀리'로 하기로 했다.

어릴 적부터 집에는 늘 강아지가 있었다. 특히 나의 강아지 네로와의 추억은 언제나 가슴 한편에 행복했던 기억으로 자리하고 있다. 그래서 강아지만 보면 눈이 가고, 까만 강아지를 만나면 한 번 더 눈이 간다. 남편도 동물을 좋아했다. 어릴 적에 오후만 되면 초콜릿을 당당히 요구하는 강아지 같은 토끼와 살았고, 사람 키 높이의 담을 훌쩍훌쩍 뛰어 넘나드는 까만색 스탠더드 푸들과도 살았다고 한다.

"와, 저기 저 강아지 좀 봐. 너무 귀엽지?"

"응, 그러네."

홀로 한국에 있는 남편에게 프랑스와의 연결고리가 필요하겠다는 생각을 했다. 그래서 특별히 프랑스 견종을 눈여겨보던 찰나에 비글헤리어Beagle-Harrier라는 견종을 알게 되었다.

비글헤리어는 프랑스 사냥개 중 하나인데 우리에게 잘 알려진 비글보다 2~2.5배 정도의 더 크다고 보면 된다. 귀는 더 작지만 다리가 길다. 작은 강아지들만 키워왔던 터라 조금 더 큰 강아지를 키워보고 싶었다.

프랑스에 여름휴가 차 가는 김에 강아지를 한국으로 데려오기로 했다. 비행기 표를 끊으며 항공사에 강아지 반입에 관한 절차를 안내받았다. 대한항공과 에어프랑스를 이용하므로 두 항공사 모두의 규칙을 따라야 한다. 생후 10주가 지나면 서류작업이 복잡해지고, 생후 8주가 지난 강아지만이 비행기를 탈 수 있으므로 체크인할 당시 기준으로 생후 8주에서 10주 사이의 강아지여야만 한다. 비행 날짜와 계산하여 6월에 태어난 강아지를 찾아 나섰다. 복잡한 것 같았지만 여기저기 수소문한 결과 한 곳을 찾았고 우리는 밀리가 태어나 무리와 함께 엄마의 젖을 빠는 사진을 보고 주인과 약속을 잡았다.

투르에서 출발해서 몽생미셸Mont Saint-Michel 아름다운 항구도시 생말로Saint-Malo를 지나 도착한 곳은 브루타뉴Bretagne 지방의 한 마을. 강아지들이 수십 마리가 있다. 집주인은 전문적으로 비글헤리어 종만 키운다고 했다. 매년 열리는 강아지 미인미남 대회에서 본인의 강아지들이 늘 상을 받는다며 자랑도 이만저만이 아니다. 어미와 함께 있던 강아지 무리를 정원으로 데리고 나오더니 한 수놈 강아지를 가리키며 말한다.

"저 강아지 좀 보세요. 무리 중에 몸짓이 가장 작아요. 그래서 다른 강아지들이 마구 밀치곤 하죠, 만만하니까요. 그런데 녀석은 절대로 굴하지 않아요. 잠깐 떨어져 있다가 언제 그랬냐는 듯 여지없이 무리와 섞여 놀죠. 일부러 먼저 장난도 친다니까요. 저기 보세요. 저렇게요. 아주 재미있는 녀석이에요. 성격이 정말 좋아요. 아파트에서 키우신다고 하셨으니 저 아이를 추천합니다."

'어…, 이건 우리가 나눈 얘기와 다른데.'

"아, 저희는 여자아이를 데리고 가고 싶어요. 수놈은 힘이 넘쳐서 아파트에서 감당하기 힘들 것 같아요. 암놈은 상대적으로 좀 더 얌전하잖아요."

"아니요, 꼭 그렇지만은 않아요."

주인온 우리를 설득하기 시작했다. 남편도 무리 중 우리가 원했던 암놈이 아닌 주인이 가리킨 그 수놈 강아지에게 계속 눈길을 준다. 그 아이가 마음에 들었나 보다. 그도 그럴 것이, 수놈인데도 그 아이의 얼굴이 가장 선해 보이고 예뻤다. 직관이랄까? 왠지 우리와 함께해야 할 것 같았나 보다. 이래서 사람들이 강아지와의 첫 만남에서 느낌을 중요시하는 걸까?

결국 주인은 우리를 설득하는 데에 성공했고 우리는 어느새 그 수놈 아이와 주인의 사무실 앉아 입양 절차를 밟고 있었다. 아이의 본명은 미라쥐Mirage(신기루). 엄마는 누구누구. 아빠는 누구누구. 생년월일, 이름 등등. 출생카드에 기록된 정보이다. 본명이 예쁘긴 하지만 우리가 만들어준 이름을 주고 싶었다. 예상에 없던 수놈아이 이름 짓기라 무얼로 할까 망설이는데 주인이 컴퓨터 시스템상에서 실시간으로 이미 입양 절차를 밟고 있으므로 시간이 없다고 했다. 3분 안에 이름을 새로 지어야 한다는 것이다. 밀로Milo는 그렇게 나의 예상을 깨고 얼떨결에 우리 곁으로 왔다.

작디작은 밀로는 우리가 도착하기 전에 얼마나 맛나게 아침 식사를 하셨는지 배가 땅땅하게 불어있었다. 소화를 시키려는지, 근처 동물병원에서 건강 체크 업을 할 때도, 남편 부모님 집으로 가는 차 안에서도 내내 쓰러진 듯 잠을 잤다. 한국으로 돌아오는 비행기에서 가방 안에 있는 밀로가 갑갑할까 봐 밀로를 잠깐 밖으로 꺼내 안았는데 그때도 열심히 쿨쿨 잠을 잤다. 한국 집에 도착하자마자 잠만 자던 밀로의 눈이 똘망똘망 무언가를 계속 찾고 있는 듯했다. 같이 놀던 친구들을 찾는 걸까? 아직 어리디어린 아이가 엄마가 그리웠을 수도 있다. 잠시 슬픈 마음이 들었지만 우리에게 온 이상 행복하고 재미있게 살아가게 해주고 싶었다.

우리는 남산으로 향했다. 조금이라도 빨리 우리가 살고

있는 곳을 밀로에게 보여주고 싶은 마음에 기분이 들떴다. 빨간 가슴 줄을 매고 총총걸음으로 걸어가는데 어찌나 귀엽던지. 이제 8주가 겨우 넘은 강아지가 꼬물꼬물 얼마나 예뻐 보였을까. 지나가는 사람들도 모두 한마디씩 한다.

"아이구, 귀여워라. 비글인가? 그런 것 같기도 하고 아닌 것 같기도 하고. 어쩌면 이리 귀엽니?"

밀로는 열심히 걷고 열심히 냄새를 맡으며 처음으로 프랑스를 떠나 타국인 한국을 체험하고 있었다. 흐르는 물을 처음 보는 듯 한참을 바라보다 풍덩 발을 담그고는 소스라치게 놀라 이리저리 뛰어다니기도 하고, 공기에 피져있는 냄새의 출처를 찾느라 코를 들고 연신 킁킁대기도 했다.

2016년 6월생인 사냥개 밀로가 태어나지 올해로 7년째. 아마 지금쯤 전 남편의 부모님 집 뒤 정원에서 코를 바닥에 대고 냄새를 맡으며 이곳저곳을 살피고 있을 것이다. 운 좋으면 근처 셀리앙Célian 아저씨의 성에서 친구와 함께 사슴 무리를 쫓아 드넓은 숲을 정신없이 달리고 있을지도 모른다. 밀로가 더 행복해지고 더 단단해져 있기를 바란다. 언젠가 밀로를 다시 만나는 그날을 위해 나도 더 단단해지련다.

◆

세계 코미디 협회

"안녕하세요, 팀장님, 잘 지내시죠?"

"어머나, 이게 얼마 만이에요!"

매년 관계자로 일을 담당했던 코미디 페스티발의 한국 파트너가 연락을 해왔다. 참 오랜만이다. 코로나가 터지고 처음이니 1년이 훌쩍 지났다. 전해에도 축제는 했다고 한다. 올해도 온라인상으로 하게 되었으니 한번 만나자고 한다. 1년이 훌쩍 지나 이 전에 하던 이야기를 마저 하자는 말이다. 세계 코미디 협회를 만드는 것.

그는 내가 지나온 지난 몇 년을 알지 못한다. 상하이로 떠날 때에도 말을 하지 않았고, 돌아왔을 때에도 알리지 않았다. 비즈니스 관계라 필요할 때만 연락을 하므로 2년 동안 서로에게 무소식이었다.

"얼굴이 많이 좋아졌어요. 편안해 보여요."

2019년 겨울 스위스에서 만난 한국 파트너 중 한 분이 말한다.

'그럴 리가요, 다 문드러진 제 속을 보여드리고 싶네요.'라고 말하는 대신 "아, 그래요? 감사합니다. 덕분에 기분이 좋아서 그런가 봐요 하하하."며 대답했다.

그들은 내가 남편과 이혼한 사실을 알지 못한다. 남편을 잘 알고 있으므로 물을 법도 한데 아무런 말이 없다. 나도 모른 척 했다. 아직 이혼의 충격으로 땅 속 깊은 곳에 있는 내 모습이 좋아 보인다니, 편안해 보인다니, 전에는 도대체 어떠했다는 말일까.

스위스에 혼자 온 나를 의아하게 생각하는 보스에게는 말했다.

"우리는 더 이상 함께가 아니에요."

"무슨 일이 있었어요? 전화상으로도, 이메일 대답도 좀 이상하다고 생각했어요."

"네, 그렇게 됐어요. 자세한 건 별로 말하고 싶지 않아요. 그래도 가끔 연락은 해요. 제가 여기 온다고 하니까 안부

전해달라고 했어요. 축제도 성공적으로 마치길 기원한다구요."

"그래요, 다행이네요. 어찌 됐건 무엇보다 건강을 잘 챙기시길 바래요. 그리고 주위에 가족과 친구들이 있다는 걸, 나도 있다는 걸 잊지 말아요."

"네네, 물론이죠. 생각해주셔서 감사합니다."

보스가 한국에 와서 나를 만난 건 필연이었을까. 지인의 소개로 이태원의 한 프렌치 비스트로에서 처음으로 인사를 하게 되었다. 스위스인인 그는 파리에서 프로덕션 회사를 운영하고 있었고, 몽트뢰Montreux에서는 코미디페스티벌을 20년 가까이 열고 있는 공연문화계에서는 이미 잘 알려진 사람이었다. 한국에서 비즈니스를 하고 싶은데, 도움이 필요하다는 것이다. 문화관련 일을 하고 있는 나와 결이 맞기도 해서 이야기를 이어갔다.

"제가 시나CINARS의 심사위원이기도 합니다."

그가 말했다.

"네? 오! 세상은 정말 좁군요! 저는 그때 자원봉사로 참여했었어요. 열심히 행사장을 안내해드리고 있었는데 혹시 저를 못 보셨나요? 하하하!"

그 말에 의하면 우리는 그때 같은 공간에 있었고 몇 년이 훌쩍 지나 한국에서 또 같은 공간에 있다는 말이다. 참 인연이라는 게 있나 보다.

그가 말했다.

"나는 운명을 믿어요. 우리는 우연히 만난 게 아니에요. 운명입니다. 저와 함께 일합시다!"

서양인의 생각이라고 하긴 엔 참 의외였다. 운명이라니. 그는 스위스뿐만 아니라 유럽, 아프리카, 아메리카 등 세계적으로 코미디 배우들을 발굴하고 선보임으로써 공연문화계를 발선시키고자 하는 목표가 있었다. 나 또한 당시 미국 학생들을 위해 한국의 옻칠과 나전칠기를 소개하는 영어 다큐멘터리 제작에 참여하고 있었고 한국의 여러 문화예술을 세계적으로 알리고 싶다는 생각을 했었으므로 어찌보면 우리는 공통된 걸 추구하고 있는 것이나 다름이 없다. 문화예술의 연결.

'그런데 코미디 분야라…'

코미디, 즉 유머의 정서는 문화의 차이를 가장 크게 느끼는 분야이다. 그만큼 쉽지 않다. 스탠딩 코미디가 주인 서양과 슬랩스틱 코미디가 주인 동양의 코미디는 많이 다르다. 한 곳에서는 민감한 정치, 사회, 인종, 죽음, 섹스, 마약 등을 쉽게 웃음의 주제와 소재로 사용하여 대중들과 호흡할 수 있다면 다른 곳에서는 되도록 피해야 할 주제가 될 수 있듯이 말이다. 그러나 그 어떤 문화적 차이가 있든 공통으로 추구하는 바는 동일하다. 바로 우리는 웃고 싶고, 행복해지고 싶다는 것.

멀리 사진처럼 우뚝 서 있는 하얀 산, 안개가 자욱한 레만호수Lac Léman 앞에 한 여인이 서 있다. 이틀 전까지만 해도 생소한 기후 관련 회사에서 종일 꽉 찬 업무를 마치고 파티 기획, 스타일링 등에 관한 저녁 수업을 들으며 쉴 틈 없이 하루하루를 보내고 있었다. 그런 그녀가 지금 그곳에 있는 이유는 무엇일까. 때마침 요란한 음악을 틀어놓고 지나가는 통통배가 소리치는 듯하다.

"안녕! M! 오랜만이야! 그동안 왜 그렇게 뜸했던 거야? 어쨌든 다시 봐서 반가워!"

3년 만에 다시 왔는데 같은 풍경이다. 호수 위에 떠 있는 조그만 배들, 호수 건너편에 웅장하게 서 있는 눈 덮인 산. 먹이를 찾아 이리 저리를 날아다니는 갈매기 떼, 호수를 따라 열린 유럽의 전형적인 막세드노엘Marché de Noël(크리스마

스 마켓), 여전히 정성스러운 꽃다발이 수북이 쌓여있는 프
레디 머큐리의 동상, 그리고 그곳을 방문한 관광객과 지역
주민들. 분위기가 한층 들떠 있는 12월의 그곳. 몽트뢰.

"내가 여기에 서 있는 건 정말 운명인 걸까?"

한국과 유럽코미디의 연결을 위해 그곳으로 다시 왔다.
혼자가 되고 여러 가지를 생각했다.

'앞으로의 삶을 위해, 생존을 위해 할 수 있는 일이 무엇
일까? 도대체 더 이상 웃지도 않는 내가 코미디 관련 일을
한다는 게 말이 되는 일일까?'

그러나 내가 웃든 웃지 않든 나를 찾아주는 사람들이 있
다. 그저 감사할 따름이다. 왠지 모를 책임감도 느껴진다.
내가 누군가에게 도움이 되고, 그것이 내가 할 일이라면 더
이상 외면하지 말자. 그래서 다시 힘을 내보려 한다. 아니
이번에는 잘해보고 싶다. 더 큰 도움이 되어 더 크게 연결
하고 싶다. 세계 코미디 협회를 만들자는 제안에 적극적으
로 임하려 한다. 내가 웃고 행복해지는 일을 만들고 싶다.
사람들이 웃고 행복해지기를 바라며 적극적으로 동참하려
한다. 운명이라고 생각하니 운명이 되었다.

✦
쉬농 집

"독일군이 마을로 쳐들어왔었어. 내 집으로도 들어왔지. 소식을 듣고 나는 얼른 지하에 있는 와인 창고로 몸을 피해 거기서 며칠을 숨어있었어. 군인들은 집 이곳저곳을 돌아다니며 지냈고 음식도 모두 다 먹어버렸지. 그리고는 며칠 뒤에 유유히 사라졌어. 다행이었지 뭐냐? 나는 다친 데 없이 멀쩡했으니 말이야."

17세기 초에 건립된 성과 한 몸이었던, 그 집을 지켰던 여인이 말했다.

"전쟁이 끝나고 부모를 잃은 아이들이 많았어. 열댓 명의 고아들을 내가 맡았었지. 다들 잘 성장해서 각자 잘살고 있어 다행이야."

겉으론 평화롭고 따듯해 보이는 그 집은 프랑스 혁명에도 살아남았고 2차 대전도 견뎌낸 어쩌면 여인과 함께 격동의 시대를 살아낸 산 증인이다. 손녀뻘 되는 동양에서 온 어린 아가씨에게 집의 역사를 담담히 이야기해 준 여인은 이제 이 세상에 없다. N의 외할머니, N의 어머니의 어머니였다.

처음 그 집을 방문한 이후부터 나는 매해 그곳의 여름과 겨울을 경험했다. 투르역에 도착하면 마중 나온 마망과 파파의 차를 타고 쉬농Chinon을 지나 집으로 향한다. 여름이면 뽀얀 담을 다고 키 크게 자란 빨간 장미 넝쿨이 우리를 맞이한다.

하얀 프렌치 대문이 열리면 크림색 밝은 집의 정경이 한눈에 들어온다. 왼쪽에는 1층 건물이, 정면으로는 길게 늘어진 2층 건물이, 조약돌이 깔린 마당은 중앙을 가로로 가로질러 차가 다닐 공간을 남겨두고 네 개의 작은 정원들이 있는데 왼쪽 1층 집 앞에는 아름드리 수국이, 대문 담 쪽에는 장미와 다알리아, 오른쪽에는 야자수와 이름을 알 수 없는 형형색색의 꽃들이, 정면 테라스 앞에는 올리브나무가 자리하고 있다. 이 집의 대문이 열릴 때면 남편은 고향에 돌아온 기분이었을 것이다. 하지만 나는 매번 이런 다짐을 해야 했다.

'남편이 좋아하니, 나도 잘 지내보자. 일 년에 한두 번이니 이 정도는 당연히 해야지.'

내가 그곳에서 할 일은 최대한 편안해 보이는 척하는 것이었다. 척을 하니 어떨 땐 실제로 편한 것 같기도 했다. 도착하면 그날부터 남편의 부모님과 함께 방문할 곳, 함께 식사할 시간, 우리가 따로 방문할 곳과 이런저런 액티비티를 계획했다.

'이번에는 얼마 동안 여기 있지? 오늘은 일단 도착했으니 좀 쉬었다가 내일은 쉬농으로 가서 마을을 둘러보고 근처 성들을 방문하면 되겠다. 그리고 다음날은 ….'

집에서 멀지 않은 곳에는 쉬농Château de Chenon, 샹보르Chambord, 쉬농소Château de Chenonceau, 위세Château de Ussé성 등과 같은 유명한 성들도 많고 와인너리, 로컬마켓, 예술인마을 등 관광할 곳도 적지 않다. 계절에 따라 마을을 가로지르는 비엔vienne강을 따라 카약을 타고, 소뮈르Saumur에서 승마를 즐기고, 근처에서 골프를 칠 수도 있다. 아주 럭셔리한 시골 생활이다.

말 그대로 시골. 나는 도시형 사람이라 걸어서 여기저기를 방문할 수 있는 파리나 서울 같은 곳이 좋다. 시골은 경치가 좋고 한적해서 평화롭지만 나는 마치 발이 묶인 사람처럼 답답하다. 아니 사실 그것보다 그의 부모님, 특히 마망의 눈치를 봐야하니 답답했을 것이다. 한국의 며느리들이 말하는 시월드를 나는 체험하지 않는다고 생각했지만 캐나다에서의 결혼식 사건 이후로 벌어졌던 크고 작은 순간들에서 나는 겉으로는 아닌 척해도 속으로는 그녀와 편치 않은 관계를 유지하고 있었다.

마망의 음식은 언제나 맛있었다. 가벼운 핑거푸드와 생선요리부터 알자스 지역의 묵직한 육류요리와 디저트까지. 크리스마스 때 선보인 그녀의 푸아그라Foie gras는 그동안 먹어본 것 중 최고였다. 파파의 칵테일과 와인 테이스팅도 매번 시간 가는 줄 모르게 즐길 수 있었다. 여름이면 뒤 정원에서 바비큐를 즐기고, 나무 그늘을 찾아 비치 의자를 굴려 적당히 자리를 잡고 책을 읽고 낮잠을 자고⋯. 계절마다 특색있는 인테리어 장식으로 한층 분위기가 더한 그 집에서 이 모든 걸 누리면서도 내 마음은 왜 썩 편치 않았을까. 나 또한 현지에서 할 수 있는 불고기, 김밥, 고기와 쌈과 같은 한국음식과 술을 선보이기도 했다. 저녁 대여섯 시부터 아페로Apéritif(식전주)를 시작으로 12시가 다 되어서야 또는 그 이후가 되어야 겨우 끝을 맺는 저녁식사 동안의 대화를 나 또한 즐기기도 했다. 술이 들어가니 긴장도 풀리고 분위기가 유해지기는 했으므로…. 마망과 파파와 좋은 관계를 유지하길 원했다.

그런데 그 집의 분위기랄까? 이건 아마 그 집만의 분위기에 국한되지는 않을 수도 있다. 앞에서 말했듯이 프랑스인들 특유의 국민성도 있고, 문화적 차이도 있을 테니 말이다. 어찌 됐든 이야기를 계속하자면, 그의 어머니의 앞에서는 절대로 힘들다는 표현을 하면 안 되었다.

"잘 못하겠어요."

"무슨 말이야? 넌 할 수 있어. 그런 말은 하지 마!"

"On se débrouille!" "각자 알아서 헤쳐나가는 거야!"

언뜻 들으면 용기를 주는 말인 것 같지만 그렇게 느껴지지 않는다. 삶이 힘들다는 티를 내서는 안 되고 익숙지 않은 일이라 잘 할 수 있을지 모르겠다는 자신 없는 태도를 보이거나 투정을 부려서도 안 된다. 그녀의 아들은 할 수 있을지언정 나는 할 수 없는 말이었다.

"각자 알아서 헤쳐나가는 거야!" 이 말인즉슨, "네가 못한다고 남에게까지 해를 끼치지 마!"라는 뜻이다. 그게 내가 따르고 가져야 할 태도였다. 함께 온 사람들에게 피해를 끼치는 않는 것. 내 속이 썩어 문드러지든 말든 아무렇지 않게 행동하는 것. 스키 부츠를 신는 것조차 능숙하지 않은 내게 엄살 부리지 말라는 투로 이야기하는 분이다.

"잘 할 수 있어!"

그 말을 듣고 정신이 번쩍 들어 내가 할 수 있는 가장 빠른 속도로 스키 부츠를 신었다. 몽트랑블랑Mont Tremblant 스키장 근처에 있는 샬레chalet에서부터 크로스컨트리 스키 선수가 된 것마냥 있는 힘껏 팔과 다리를 휘저으면서 스키장까지 그녀와 남편을 쫓아갔고, 고소공포증이 있음에도 티내지 않고 곤돌라를 탔으며, 제일 꼭대기로 함께 올라가서는 가장 긴 슬로프를 홀로 타며 아래까지 내려왔다. 공포로 몸이 떨렸지만 나는 그들에게 해를 끼치지 않기 위해 최선을 다했다. 슬로프 밖으로 튕겨나가 낭떠러지로 떨어져 목숨을 잃지 않은 게 기적이었다. 중간중간 안전요원들이 직활강하는 나를 주의 깊게 보았던 기억이 난다. 다시는 그들과 함께 스키를 타지 않았다.

"M, 나는 널 좋아해. 좋아하구 말구. 그런데 왜 너는 중국어를 안 배우니?"

마망이 말한다. 나를 좋아한다는 말은 '나를 좋아하지만 싫어하는 부분도 있다'는 말이고, '왜 중국어를 안 배우니?'는 '중국어를 배우지 않는 내가 이해가 되지 않으니 중국어를 배워라'라는 말이다. 상하이에서 지리를 몰라 헤매면, 동양인인 내가 같은 동양인 중국에서 길을 헤매는 게 이해가 안 되는 분이다.

다시 한 번 말씀드리지만, 나는 그 집에서 나의 가장 편한 모습을 보여주고 싶었고, 마망과 파파의 호의도 진심으로 감사히 받아들이고 싶었다. 그런데 있지도 않던 변비는 그곳에 도착하기만 하면 생겼다.

상하이를 마지막으로 나는 마망과 파파를 만나지 않았다. 그 집으로 가기를 거부하고 대신 파리에서 온전히 나를 위한 시간을 가졌고, 그리스에서 휴가를 보냈다. 조금은 마음이 나아지는 것 같았다. 그러나 진실은 마망을 볼 자신이 없었다. 찌질한 내 모습을 보여주고 싶지 않았다. 더 이상 그 집에서 긴장하고 불편해하는 내 모습을 스스로 마주하고 싶지 않았다.

"M, Lâche-toi! 제발 너를 내려놔! 그냥 너 자신이 되어봐!"

마망이 요구한 것처럼 나는 아직 나를 내려놓지 못하고 있었다. 아름답지 않은 나의 속사정을 보여줄 수 없으니 차라리 회피하는 게 편했다. 그녀와의 관계에서 받은 상처를 어떻게 당당히 말로 표현해야 할지 몰랐다. 한국의 시월드는 아니었지만, 나에게도 분명 불편했던 순간들이 있었는데도 말이다. 그래서 다짐했다. 오해한 부분이 있다면 풀고 싶다고. 나의 감정을 외면하고 싶지 않다고. 이제라도 더 깊은 감사를 표하고 싶다고. 그녀에게 말을 걸어보련다. 그 집에 다시 가보련다. 내년, 내후년? 잘 모르겠다. 내가 다 내려놓았을 때, 그때 온전히 평온한 마음으로 떼제베를 타고 그 집으로 가련다. 나의 역사가 있는 곳, 나를 기억하는 쉬농 집으로…

지금

살아오면서 많은 일이 있었다. 힘든 일들만 있었는 줄 알았는데, 자세히 들여다보니, 좋은 일도 많았다. 분홍색 블라우스에 주름치마를 입고 엄마와 단둘이 그네를 탔던 일도 좋았고, 겨울 내 별미로 엄마가 만들어 준 따끈한 호떡과 도넛을 언니, 오빠들과 나누어 먹었던 일도 좋았다. 아버지 무릎에 앉아 함께 신문을 읽어 본 일도 좋았고, 어릴 적 친구와 손잡고 영화관에 가서 〈마지막 황제〉를 관람했던 일도 좋았다. 선생님 몰래 친구들과 학교 앞 분식집에서 떡볶이와 라면을 먹으며 뭐가 그리 웃긴지 눈물까지 흘리며 박장대소를 했던 일도 좋았다.

영어공부는 뒷전이고 함께 노는 것이 더 낫다며 남미에

서 온 친구들과 쓰리아미고스Three Amigos (식당 이름)에서 해피아워에 주문하면 한잔을 공짜로 더 준다는 1 + 1 말가리타Margarita를 마셨던 일도 좋았고, 필펍PeelPup에서 술을 마시고 밤 10시에 나왔는데도 대낮처럼 환했던 몬트리올의 하늘도 좋았다. 쉘부룩Sherbrooke, 세인트 캐서린Sainte-Catherine, 생드니Saint-Denis 거리를 정처 없이 걸었던 기억도 좋았고, 6월 그랑프리GrandPrix를 시작으로 본격적으로 시작되는 몬트리올의 수많은 페스티벌을 즐겼던 일도 좋았다. 여름이면 그저 무대 앞에 아무 곳이나 털썩 주저앉아 재즈를 즐기고 코미디를 즐기는 것이 좋았고, 가을이면 몽메간틱Mont-Mégantic에서 밤새도록 쏟아지는 별똥별을 바라봤던 기억도 좋았고, 겨울이면 온통 하얀 몽로얄Mount Royal의 눈밭을 걸었던 기억도 좋았다.

사랑하는 사람과 반짝이는 에펠탑을 배경으로 샴페인으로 요리한 알래스카 생선요리를 즐긴 것도 좋았고, 파리 시내 이곳저곳을 함께 누비며 함께 걸은 것도 좋았다. 한국음식이 맛있다는 그에게 입맛에 맞는 불고기, 김치참치볶음밥, 비빔밥 등을 만들어 준 기억도 좋았고, 지인들을 위해서 프랑스음식과 치즈, 와인을 대접하며 우리 사는 이야기를 함께 나누었던 기억도 좋았고, 사랑하는 사람과 함께 세상을 구경하며 이야기꽃을 피웠던 기억도 좋았다. 행복했던 기억이 끊임없이 떠오른다. 그 모든 순간이 지나고 나니 더더욱 그립고 소중하다. 그리고 생각해본다. 나는 그때 그 순간을 정말로 만끽하고 있었나?

지인 커플이 있었다. S가 유방암이 걸렸다고 했다. 그래서 부득이하게 우리의 리셉션에 오지 못했다. 그들과 함께한 시간을 회상하며 진심을 다해 그녀가 쾌차하길 기도했다. 수술을 했고, 치료가 되었다고 했다. 그런데 이혼을 했다. 그리고 일 년 뒤 다시 함께라고 한다. 그러더니 S의 유방암이 재발하였다고 했다. 얼마 후 우리 부부에게 프로젝트를 알려왔고, 재발한 유방암을 이기지 못한 S는 죽고 말았다. 우리는 그 프로젝트의 결과물을 S가 이 세상을 떠난 뒤에 받아보았다. 흑백으로 된 사진집이었다. 비쩍 말라 등뼈가 훤히 드러난 S가 그 안에 있었다. E가 그녀의 마지막 모습을 담은 것이다. 온통 뼈로 앙상한 그녀의 마지막 모습이 담긴 사진집을 펼쳐보는 일은 쉽지 않았다. 많이 슬펐다. 그런데 이상하게 따뜻했다. 죽음의 그림자가 드리워진 그녀의 모습이 꽃같이 아름다웠다. 아마도 그들은 삶이 남아 있는 그 찬란한 순간순간을 온전히 즐기고 있었는지도 모른다.

회상해보면 너무도 반짝였던 그 순간들. 그리고 생각해본다. 지금이야말로 바로 미래의 시점에서 바라보면 그 무엇보다 눈부시고 빛나는 순간일 것임을…. 바로 이 순간 지금! 훗날 아름다운 기억으로 남을 이 순간. 아픈 기억도, 좋은 기억도 시간이 지나면 그저 젊은 날의 꿈같은 기억으로 남는 것처럼. 지금! 비록 내가 아프고, 이 아픔을 이겨내려 발버둥을 치는 중이라도 나는 지금, 이 순간을 온전히 만끽하려 한다.

웃음을 찾기 위해 나를 많이 다그쳤다. 왜 아직도 과거의 기억에서 벗어나지 못하냐고 나를 업신여겼다. 생각을 바꿔야 삶이 바뀐다며 나를 궁지로 몰아갔다. 갑작스레 받은 충격에서 벗어나지 못하는 나를 알아보고 바라보고 안아주기보다는 또 다른 채찍을 들고 생채기를 내고 있었다.

나는 아파해도 괜찮다. 나는 외로워해도 괜찮다. 나는 울어도 괜찮다. 억지로 내 등을 떠밀어 변화시키려 하지 않아도 포기하지 않았으므로 괜찮다. 나는 바뀔 수 있다는 믿음이 있다. 지금은 오로지 나의 마음에! 지금, 이 순간에! 집중하려 한다. 왜냐하면 나는 당연히 다시 웃을 것이고, 미래의 나는 지금 이 순간을 황금별처럼 찬란하게 기억할 것이므로! 미래에도 언제나 지금!을 만끽할 것이므로!

◆

데미안

'데미안이라면 나를 도와줄 수 있을 거야!'

어릴 적 읽었던 데미안을 다시 떠올리며 읽어나갔다. 나와 너무도 닮아있는 어린 싱클레어. 가슴 속 비밀을 간직하고 혼자 끙끙 앓던 여린 아이. 하지만 데미안은 달랐다. 제3의 눈이라도 있는 건지 싱클레어에게 그랬던 것처럼 나의 마음을 단번에 꿰뚫을 것 같다. 나보다 더 나를 잘 알듯하다.

알을 깨기 위해 무얼 해야 할까 생각해 본다. 행동을 해야 한다. 그런데 행동이 되지 않는다. 생각이 바뀌지 않으니 행동이 바뀌지 않는다. 생각이 바뀌지 않는 이유는 두려움과 의심 때문이다. 나를 믿지 못하는 나. 이미 찰대로 차버린 나이. 40대 후반. 50대를 향해 달려가고 있다. 아픈 몸을 가지고 20대 때와 같은 에너지를 낼 수 있을지 스스로를 의심한다. 그래서 먼저 신체를 단련해야겠다는 생각을 한다. 숲을 매일 1시간씩 걷고 요가와 폴댄스를 한다. 매일 108배도 100일간 해보았다. 그런데 아직도 뭔가 부족하다. 그래서 한 한의사가 제안한 청혈주스를 섭취한다.

이미 어릴 때부터 염증을 달고 살았으므로 40대가 되었든 안 되었든 나와는 관계없다. 당연히 좋을 것이다. 원칙은 매일 아침 당근 두 개, 사과 한 개, 오렌지 한 개, 생양파와 생강즙 조금을 믹서에 넣어 간다. 이걸 아침에 한잔, 남은 양은 하루 중 나누어서 먹으면 되는데 그냥 후루룩 마시는 것이 아니라 꼭꼭 씹어 먹듯이 하면 된다. 이러기를 21일 즉 3주만 해도 만성염증에 큰 효과를 본다고 한다. 병원 갈 일이 없고 다니던 병원을 끊어도 된다는데… 정말 그럴까?

실험을 하고 싶어 시작했다. 내가 관리해야 할 통증에 정말 도움이 되는지 궁금했다. 안타깝게도 당근은 두 개를 먹지 못하고 하나만 먹었다. 그러나 먹은 지 이틀이 지나자 왠지 내 속이 맑아지는 느낌이 든다. 계속했다. 21일 지나고 오늘로써 56일차다. 믿어서 그런지 21일이 지나자 정말 통증이 좀 줄어든 느낌이 든다. 진통제를 끊지는 않았지만 통증의 강도가 약해진 듯하다.

몸을 잘 돌보고 있는 듯하다. 정신은 어떻게 해야 할까? 나는 진심으로 데미안이 필요하다. 알을 깨고 새가 되어 아 프락사스에게 날아가고 싶다. 상하이의 국제교회에서 많 은 사람들이 보는 앞에서 침수례를 받으며 공식적으로 다 시 태어났다고 선포했다. 신성한 물이 어제까지의 나를 말 끔히 씻어주기를 기도했다. 그런데 나는 아직도 그 단단한 알 속에 갇혀 허우적대는 작은 새처럼 꼼짝을 못한다. 알을 계속 두드리기는 한다. 아직 덜 여문 날개와 부리로 미미 하게 두드리고 있다. 아직 나를 포기하지 않았기 때문이고, 어쩌면 나를 너무도 사랑하기 때문이기도 하다. 상하이 아 파트에서 떨어지지 않고 살아남은 이유이다. 사랑.

"나를 사랑하는 일, 도대체 그 일은 어떻게 해야 하는 거 야?"

명상을 오래도록 해 온 친구에게 물었다.

"음, 그건 나를…. 나를 잘 가꾸고 좋은 음식을 먹고, 아 름다운 걸 보고, 나를 실제로 안아주는 행위를 이렇게 하고⋯."

그는 실제로 자신의 양팔로 스스로 감싸는 행위를 했다.

"그런 거지⋯. 음⋯, 나도 잘 모르지만⋯."

나를 사랑하는 법, 나를 안아주는 것부터가 시작인가보다. 스스로 느끼는 감정이 무엇이든 그것을 인정하고 나를 아끼는 것. 나는 이 세상에 단 하나밖에 없는 소중한 존재라는 것. 그러니 나를 존중하고, 나에게 최선을 다해 좋은 생각, 좋은 음식, 좋은 공기로 나를 마치 정말 사랑하는 타인을 아껴주듯 나를 대하는 것. 타인으로부터 받고 싶은 말, 생각, 행동을 나 스스로에게 해주기 등등.

그래 그런 것이 나를 사랑하는 것이라면 실천하기 아주 어렵지는 않을 것 같다. 그런데 생각, 불쑥불쑥 떠오르는 스스로에 대한 부정적인 생각은 어떻게 해야 할까?

능력 없는 나, 자신감 없는 나, 못생긴 외모를 가진 나, 말주변 없는 나, 창의성이 부족한 나, 덤벙대는 나, 악한 마음의 나, 질투심이 올라오는 나, 소심한 나, 내성적인 나, 어두운 나, 돈 없는 나, 방황하는 나, 머리 나쁜 나.

찌질함의 극치를 달리고 있는 나를 나열하니 도대체 어떻게 생명을 유지하고 있는지 모를 지경이다. 이런 '나'라도 사랑하라니! 어떻게 이런 나를 사랑할 수 있는 걸까?

사람이라면 부정적인 생각이 올라오는 것은 당연하다고 한다. 인류가 생긴 이래 현재까지 진화하면서 형성된 본능이라고 한다. 잡아먹히지 않기 위한 생존본능 때문에 문득문득 떠오르는 생각의 90%가 부정적이라는 것. 죽고 싶지 않으므로. 나는 잘 모르겠다. 죽음은 두렵지 않다. 죽으면 그뿐이니까. 그러나 안타깝기는 할 것이다. 지구에 태어나서 부정적으로 살다간 인생은 참으로 불쌍하고 안타까울 것 같다.

그래서 나는 변화하고 싶다. 머리부터 발끝까지 완벽하게 한 치의 공간도 남겨두지 않고 나의 겉과 속을 완벽히 뒤집어서 구석구석을 수세미로 깨끗이 닦아내고 싶다. 또는 수 겹의 벽이 쳐져 단단히 막아놓은 나의 껍질을 벗겨내고 그 벽을 완벽하게 부셔버리고 싶다. 나의 부정적인 생각에 소나기를 내려 모조리 씻어버리고 싶다. 그래서 검은 기운이 퍼지는 '나'가 아닌 황금빛이 퍼지고 핑크, 하늘, 노랑, 연보라 등 따듯한 파스텔 기운이 퍼지는 그런 '나'가 되고 싶다. 그리하여 세상도 온통 파스텔색과 황금빛으로 넘쳐나길 바란다.

내가 규정하고 있는 한계를 모조리 부서버리려 한다. 깨달음은 탁!하고 한순간에 올 수 있고, 한계라고 생각하는 벽은 베를린 장벽처럼 한순간에 힘없이 무너질 수도 있다. 구하면 얻을 것이고, 두드리면 열릴 것이라고 한다. 힘껏 두드려 알을 깨고 나오기를 실험하려 한다. 내 안에 있는 데미안을 찾아 끈질기게 들여다보려 한다.

✦

손편지

지난 20년의 세월을 깡그리 지워버리고 싶었다. 그 시간을 백지상태로 만들 수 있다면 그렇게 하고 싶었다. 나는 그 정도로 괴로웠다. 그 시간동안 나에게 일어난 일이 없었다면 죽을 만큼 힘든 시간도 없었을 것 같았다. 그래서 다른 일로 눈을 돌리고, 몸을 바쁘게 하고, 심리상담을 받아보고, 책을 읽고, 명상을 하는 등, 많은 것을 시도해 보았다. 기억하고 싶지 않았다. 잊어버리고 싶었다. 잠깐은 효과가 있는 듯했다. 그러나 영화 〈알라딘〉을 보며 재미있는 장면에서 박장대소를 토하더니 순간 꺼이꺼이 울고 있는 나를 발견했다. 숲을 산책하다가 갑자기 통곡하는 나를 보았다. 시간이 지날수록 뱃속 깊숙이 자리 잡은 무언가가 하나씩 올라오며 나를 당혹스럽게 했다.

기억은 지워지지 않았다. 머리와 몸이 기억하고 있었고 세포 하나하나가 기억하고 있었다. 어느새 와인과 치즈로 시선을 고정하는 나를 발견했고, 프랑스 뉴스를 경청하고 있는 나를 알아차렸으며, 지나가는 길에 프랑스어가 들리면 저절로 고개를 돌리는 나를 보았다. 갑자기 프랑스어로 말을 하는가 하면 고개를 빳빳이 세우고 있는 나를 발견했다.

그래서 인정하기로 했다. 과거를. 현재의 나를 있게 한 과거를 인정하고 따듯한 시선으로 바라보기로 했다. 한 발짝 떨어져 바라보니 덜 괴로웠다. 눈물이 흘러도 창가에 흐르는 비라고 생각하며 그대로 두었다. 억지로 무언가를 하지 않기로 마음먹었다. 그리고 나를 돌아보았다. 어린 나를, 학생이었던 나를, 20대의 나를, 30대의 나를, 그리고 40대의 나를. 과거를 곱씹을 필요는 없지만, 현재의 삶에 영향을 끼치는 과거를 바꾸고 싶었다. 과거를 바꾼다는 건 아름다운 작업이라고 본다. 작업은 만족할 때까지 계속하려 한다. 과거를 물리적으로 바꾸는 일이 불가능하다면 그 기억을 바꾸고 싶다. 과거에 일어난 일을 상대의 입장에서, 다른 등장인물과 환경에서 바라보려는 시도이다. 그 또

한 과거를 소환하는 괴로운 일이라고 할지라도 분석을 멈추고 싶지 않다. 억지로 외면하고 무의식 저편으로 밀어버리는 어리석은 행위를 더 이상 하지 않으려 한다. 떠오르면 바라보고 떠오르면 분석하고 그러기를 반복하여 오히려 괴로움이 사라질 수 있게 만들고자 한다. 배워야 할 경험으로 오히려 이해하고자 한다. 자연스럽게 하고자 한다. 삶을 신뢰하고, 삶에 온전히 나를 맡기고 해맑은 웃음을 지을 수 있도록 그렇게 과거를 바꾸고자 한다.

비로소 마망에게 편지를 쓰려 한다. 쉬농 집으로 가기 전에 내가 진심으로 하고 싶은 말을 그녀에게 하려고 한다. 우리는 원수로 헤어지지 않았다. 마망은 매번 새해에 카드를 보내왔다. 남편과 헤어진 직후에도, 다음 해 새해에도. 남편과 이별을 준비할 때, 나는 마망과 파파에게 아무런 말을 하지 않았다. 무슨 말이 필요할까? 관계는 우리의 문제이고 그들은 그저 남편을 지지할 그의 부모일 뿐인데. 나는 어떤 변명도, 상황설명도 하고 싶지 않았다. 최대한 잡음을 줄여 불필요한 에너지를 쓰고 싶지 않았다. 그러나 생각은 했다. 언젠가 그들에게 진심 어린 말을 전하리라고.

그때가 온 것 같다. 복잡한 마음이 든다. 마망에게 감사한 순간들도 많았지만, 그 반대의 순간들도 있었다. 그녀와 남편 가족들과 오랜 기간을 같이 하며 많은 걸 접하고 배웠음을 안다. 프랑스 요리, 치즈, 와인, 디저트 등과 같은 음식, 그 문화와 예절, 프랑스 특유의 주어진 삶을 즐기는 문화인 '아르 드 비브르Art de Vivre', 어른들과도 충분히 정치, 사회, 문화, 문학, 역사 등의 다양한 살아가는 이야기를 할 수 있음을, 나이가 들어도 끝없이 배우고 도전할 수 있음을, 무슨 일이 있어도 자신을 포기하지 않음을, 상충되는 문화를 통해 각자의 다름을, 그리고 그 다름을 인정하는 것이 얼마나 중요한지를 보면서 뼈저리게 체험하며 배웠다. 그래서 후회하지는 않는다. 그러나 나는 할 말이 있다. 내 속마음과 내가 느꼈던 감정을…. 좋기도 했고 나쁘기도 했던 내 마음을 털어놓으려 한다. 그러니 마망과 파파에게 진심 어린 편지를 쓰려 한다. 손편지가 좋겠다.

✦

감정

좋고 싫고, 즐겁고 괴롭고, 사랑스럽고 밉고, 기쁘고 슬프고, 설레고 두려운 감정을 표현하고 있다면 당신은 정상이다. 나처럼 무감정 상태에 빠지질 않길 바란다.

나는 한동안 감정이 없는 사람처럼 살았다. 인간관계에 대한 흥미도 떨어져서 일상생활을 하기 힘든 수준이었다. 새로운 사람들을 만나면 설레고 그 사람에 대한 흥미를 느끼는 것이 정상인데, 아무런 감정도 느껴지지 않았고 그 자리에 서 있는 내가 그저 감정이 없는 어떤 물질처럼 느껴질 때가 있었다. 세상에 대한 관심이 사라진다는 건, 산 사람이 아닌 숨만 쉬고 있을 뿐 죽은 사람이나 마찬가지다. 길을 가다 지인을 만나도 겨우 예의상 인사를 하며 올라가지도 않는 입꼬리를 올리는 나 자신을 발견한 적이 있다. 밀로와 함께 산책하다 마주 오는 사람을 피하려고 차도까지 내려간 밀로가 차에 치일뻔한 아찔한 상황에서도 아무런 감정이 떠오르지 않았다.

　아무런 느낌을 받지 않는 무감정 상태가 지속되었고, 급기야 이혼 이야기도 나오자 내 입에서 아무렇지도 않은 듯 이혼을 하자는 말이 세어 나왔다. 감정이 없었다. 감정이 없을 수도 있었다. 그런데 막상 이혼을 한다고 하니 나간 정신이 돌아오기라도 한 듯 갑자기 눈물이 쏟아졌다. 그동안 갇혀 있었던 나의 감정이 봇물 터지듯 눈물로 터져 나오는 순간이었다. 이혼이 트라우마로 자리 잡고 극한 감정을 느끼기 시작했다. 무감정 상태에서 극한 감정으로 점프하는 순간이었다. 그래서 호흡곤란을 겪고 공황장애를 경험한 듯하다.

　심리상담을 받으면서 또 다른 나를 알아가는 감사한 순간을 맞이했다. 나의 감정을 알아차리기. 나의 감정을 인정하기. 혼자, 아니 내 안의 나와 대화하면서 나의 감정을 알아차리고 바라보고 인정하는 것이 새로운 일상으로 자리 잡았다. 감정이 올라올 때마다 그 감정이 슬픔인지, 부러움

인지, 질투인지, 분노인지, 행복함인지 알아차리고 면밀히 관찰하는 것은 나를 알아가는 과정이다. 즐겁고 보람된다. 나 자신의 든든한 지원군이 되는 초석을 만드는 과정이다.

문제는 나와 관계하는 상대와의 사이에서 떠오르는 감정을 알아차리는 것이다. 그리고 그 감정을 인정하고 관찰하는 것이 쉽지 않다. 복잡하고 모호해질 때가 많다. 오랫동안 내 감정을 외면하던 습관이 아직도 남아있기 때문이다. 올라오는 감정에 잣대를 대고 맞는지 틀리는지 옳은지 옳지 않은지를 매번 판단하면서 살았다. 내 감정을 그대로 상대에게 내미치는 건 예의가 아니고 해서는 안 되는 일이라고 여겼다. 특히 부정적일 때 더더욱. 그런데 상담사는 내가 느끼는 감정을 알아차리고 정의를 내려야 한다고 한다. 정확히 어떤 감정을 느끼고 있는지 알아야한다는 것이다. 그 감정을 어떤 식으로 표출하는가는 그 다음 문제라고.

나는 먼저 내 감정을 알아차리는 작업이 시급했다. 감정을 묘사하고 설명하는 것이 가능해져야 한다. 그 작업은 결국 나의 감정에 솔직해지고 계속해서 나를 있는 그대로 인정하는 일이다. 아프면 아프다고, 슬프면 슬프다고, 좋아하면 좋아한다고, 사랑하면 사랑한다고 인정하기 위해 노력

해야겠다. 그래서 결국은 내가 나에게 솔직해지는 것이 목표이다.

◆

벨플러 Bellefleur

"3번 차크라를 열어야 합니다. 명치가 유독 아픈 걸 보니 정체성의 혼란과 관련이 있네요."

새로 다니기 시작한 요가 명상센터의 지도자가 한 말이다. 깜짝 놀랐다. 어떻게 알았을까? 늘 나의 정체성에 대해서 혼란스러웠다. 한국인이면서도 한국인이 아닌 듯한 내가 너무도 이상하게 느껴졌다. 오랫동안 외국 생활을 하거나, 외국에 거주하는 사람들, 특히 이민 1.5, 2세대들이 겪는 고통 중 하나이다.

정체성! 백인 주도의 나라에 살면서 바나나와 같은 정체성을 지니고 있는 사람들. 아무리 노력해도 그 사회의 주류가 될 수 없는 운명이라고 괴로워하는 사람들. 나는 1.5세대도, 2세대도 아니다. 그저 외국 생활을 오래 했고, 백인과 결혼 생활을 했다. 그런데 나 또한 정체성에 대한 혼란으로 괴로웠다. 도대체 나는 누구인지 생각해본다.

어느 사회에 속해있는 존재인지 알 길이 없었다. 어느 사회에도 속해있지 않는 상실감이 정체성 혼란의 시초이지 않을까? 그건 나라에 관한 것에만 해당하는 것이 아니다. 인간은 사회적 동물인데 학교를 졸업하고 어느 회사에도 취직되지 못한 실업자들도 정체성의 혼란을 겪는다. 바로 내가 그랬던 것처럼.

비정규직! 사회에서 규정해버린 카테고리. 정규직이 아닌 사람들이 모여 있는 곳. 비정규직장인. 그나마 직장이 있어서 다행이긴 하나 정규직 앞에 붙어있는 '비非', 실업자 앞에 붙어있는 '실失'등의 단어들은 확실히 긍정적인 단어는 아니다. 나는 대학을 졸업하고 비정규직 생활을 좀 했었다. 기분이 썩 좋지는 않았다. 그러나 그보다 실업자였을 때의 그 상실감은 이루 말로 표현할 수가 없었다. 말 그대로 무언가를 잃어버리고 방황하는 존재, 정체성의 혼란을 겪는 존재 그 자체였다.

한국에 돌아온 이유도 나의 정체성을 확립하기 위해서

였다. 나는 도대체 누구인지. 나의 뿌리는 무엇인지. 나는 정말 한국 사람이기는 하는 건지. 한동안 많이 헤매었다. 일상생활에서 영어와 프랑스어를 더 많이 사용하니 더더욱 방황했다.

그러던 어느 날 깨달았다. 나는 그저 '나'일 뿐이라고. 나는 지금 현존하는 내가 '나'를 이름 짓는 것이라고. 과거의 경험으로 형성된 내 모습 그대로가 내가 원하는 나를 만들어가는 내 모습 그대로가 '나'라는 것을. 나는 지금까지의 삶으로 형성되었다. 나의 뿌리는 한국이고 내 부모이고 내 조상이고 그 이전에 빛의 에너지이다. 나의 줄기와 잎은 내가 경험과 과거이고 현재이다. 그런 내가 '나'이다. 그렇게 생각하니 결론이 났다.

'벨플러! 그래 그게 바로 나야!'

하나로 정의를 내린다면 지금까지의 나를 생각해볼 때 나는 '벨플러Bellefleur이다!'. 부모님이 지어준 이름과 그 이름을 프랑스어로 번역한 것. 한국에서 태어나 자랐지만, 후에 프랑스어를 하고 살았던. 그래서 두 개를 모두 포용한 '벨플러'라는 정체성을 받아들이기로 했다. 그냥 모든 걸 포용한다고 생각하니 마음이 편안해졌다. 나의 정체성을 깨닫는 순간이었다.

  정체성을 찾기 위해 많은 경험을 했다. 플라워 클래스, 대학원 수업, 숲 산책, 폴댄스, 명상, 글쓰기 등 수많은 클래스를 듣고 활동을 하면서 나에게 집중했다. 당시는 몰랐지만 그게 바로 나를 찾기 위한 일이었다. 그중 원데이 유화 클래스에 참석한 적이 있는데 붓을 잡고 색을 칠하는 순간 내 안에 똘똘 뭉쳐있던 부정적인 에너지가 한 순간에 스르르 녹아내리는 느낌이었다.

  '아! 이게 바로 힐링이라는 거구나! 이제 그림을 그리며 나를 찾아야겠구나.'

  스스로의 의지로 처음 그리는 그림은 낯설었지만 신선했다. 내 생각을 표출하고 나도 무언가를 창조할 수 있는 것에 희열을 느꼈다. 그동안 나를 조금도 표현하지 않고 살아온 건 아니었다. 그러나 많이 억눌려있는 나를 알아차리지 못하고 살았다. 그런 나를 알아차리는 데에 많은 시간이 걸렸다. 나를 알아가기 위해 꽃을 만지고, 그림을 그리고, 글을 쓰는 것과 같은 창조적인 활동을 하는 건 필수이고 너무도 중요한 일이었다. 그 모든 과정이 모두 나에게 집중되어 있었기 때문에.

오로지 나와 함께하는 시간을 통해 무언가를 창조하는 일이야말로 나를 찾는 일이었다. 자화상을 그리고, 실오라기 하나 걸치지 않는 자신의 나체를 그리는 화가들을 이해할 수 있게 되었다. 본연의 '나'를 있는 그대로 보고 싶은 욕구. '나'를 찾기 위한 갈망일 것이다. '나!' 오롯이 존재하는 그대로의 나를 바라보고 싶고, 보여주고 싶은 욕구! 나 자신이며 온전히 내 모습 그대로를 알아주고 싶은 욕구!

✦

단 하나의 퍼즐 조각

이 책의 글을 거의 다 써 가면서도, 뭔가 꺼림칙한 마음이 있었다. 뭔가 빠진듯한 나의 이야기. 희미하게 자리 잡은 그 이야기의 정체가 무엇인지 몰라 골똘히 생각하고 있었다. 그런데 마치 물이 빠지자 바다 깊숙이 숨어있던 보물이 수면 위로 그 형체를 모두 드러내는 듯, 미궁에 빠진 채 냄새만 나던 사건의 실체가 단 하나의 단서로 실마리가 풀리더니 일사천리로 해결되듯, 또는 복잡하게 얽혀있던 퍼즐이 단 하나의 조각이 맞춰지자 흩어져 있던 조각들이 한꺼번에 자신의 자리를 찾아가듯 그렇게 풀리기 시작했다.

머칠 동안 군인 남편의 폭언으로 자살한 부인의 기사가 인터넷을 달구었다. 부인의 핸드폰에 남아있는 남편의 학대 흔적이 왠지 익숙해 보인다. 본인이 쓰려는 앞치마를 남편의 허락을 받고 사는 일이 왠지 나의 경험과 닮았다는 생각에 마음이 무거웠다. 전 남편은 그 정도는 아니었지만 분명 내가 입는 옷을 비롯해 이것저것을 통제했다.

그동안 나는 내가 부족한 사람이라고 생각했다. 나의 잘못이 크고, 내가 못나고, 어리석어서 남편과의 관계가 틀어지고 결국 파탄을 맞았다고 여겼다. 그의 잘못도 있지만, 원인제공은 내가 했다고, 나를 자책했다. 그리고 그 기사 속 부인처럼 나도 죽을 생각을 했었다. 나약해질 대로 나약해진 나는 이 세상을 살아갈 힘이 없다고 생각했다. 다행히 나는 그 선택을 하지 않았고 아직 살아 있다. 살아보기로 결심하고 많은 생각을 했다. 나와 그와 우리의 결혼생활에 대해서 무엇이 문제였는지, 다시는 그런 실수를 하지 않기 위해 무슨 일이 일어났던 것인지 정확히 알고 싶은 마음이었다.

그런데 아무리 들여다보아도 풀리지 않는, 이해되지 않는 그의 행동과 나의 감정이 있었다. 주변인들이 보기엔 아주 잘 지내는 커플 같았던 우리지만 실상은 그렇지 않았다. 함께 지내면서 나는 수시로 비참했다. 나의 기분이 다운되면 오히려 기분이 좋아지는 그. 갈 곳을 몰라하는 그의 시

284

선, 순간적으로 분노를 표출하며 어디로 튈지 모르는 그의 감정 때문에 늘 살얼음판 위를 걸었다. 처음에는 단순히 성격이 맞지 않아서 또는 문화 차이라고 여겼다. 그런데 실상은 다른 곳에 있었다는 것을 이제 알게 된 것이다. 인터넷 기사가 발단이 되어 이전에 보았던 콘텐츠가 생각나면서 부터이다.

2년 전 심리상담센터를 검색하면서 한 유튜버의 '나르시시스트Narcissist와 멀어지는 법'이라는 영상을 본 적이 있다. '나르시시스트Narcissistic personality disorder(자기애성 인격장애)'. 당시엔 참 생소했던 단어였다. 그녀는 어머니와의 관계에서 받은 고통을 바탕으로 사람들에게 조언을 하고 있었다. 나 또한 엄마와의 관계에서 받은 고통이 있으므로 그녀의 콘텐츠를 보며 나의 경우와 빗대어 비교해 보기도 했다. 그뿐이었다.

그런데 한참이 지난 어느 가을날 내 경험과 감정을 담은 이 책을 거의 다 써갈 무렵, 나는 놀라운 사실을 알게 되었다. 그 누구도 아닌 나와 오랜 세월을 함께 한 전 남편이라는 사람이 바로 나르시시스트적 기질을 가지고 있었던 사람이었다는 걸. 그리고 내가 겪었던 그 수많은 정의를 내릴 수 없었던 감정들이 바로 그의 그런 기질에 의해 받은 상처였다는 걸. 그걸 알고 나니, 그동안 제각기 흩어져있던 모든 퍼즐 조각이 착착 맞춰지는 게 아닌가. 너무도 놀라운 깨달음이었고 새로운 발견이었다.

◆

나르시시스트

　나르시시스트라는 퍼즐 한 조각을 끼우고 나니 그동안 그가 했던 행동들의 공통적인 패턴이 보였고, 내가 받았던 그 수많은 고통이 이해되었다. 상황과 감정, 상대의 실체를 알고 나니 너무도 당연하게도 과거의 모든 아픔을 훤히 꿰뚫어 볼 수 있었다. 전문가들이 말하는 나르시시스트의 행동과 패턴이 내 전남편이 나에게 보여준 모습과 너무도 흡사히 닮아 있지 않은가!

　얼마 전 프랑스인 친구가 물었다.

　"어떻게 처음 사귀게 된 거야?"

　"어…, 사실…, 그가 끈질기게 나를 설득했어. 설득을 하니 이해가 되기도 했고…" 대답을 하며 부끄러웠다. 내가 정말 그를 사랑해서 사귀었는지 솔직히 자신할 수 없다. 이 건 정말 나의 실수이기도 하지만 나르시시스트들의 특징 이라고도 한다. 끈질긴 구애. 나 또한 사람을 진심으로 사 랑하는 방법을 몰랐던 것 같다. 그 후로 시간이 지나면서 그가 보여 준 민낯은 이렇다. 나의 헤어스타일, 옷 스타일, 화장법 등 나의 외모에 관여하고 내가 보는 TV 프로그램 까지 통제했다. 처음에 그저 나에 도움이 되는 조언을 하는 것이라 생각했다. 시간이 지나면서 서서히 그 농도가 진해 졌지만, 다른 사안들과 복잡하게 얽혀있어 내가 통제를 받 고 있다는 인식을 잘 하지 못하고 있었다.

그에게는 그가 가장 중요한 사람이었고, 잘난 사람이었 고, 주위의 대부분의 사람들은 비판과 비난의 대상이었다. 그러나 그가 좋아하는 사람들, 즉 본인과 어울려도 될 만한 사람들에게는 한없이 관대했다. 질투가 많았다. 심지어 부 인인 나에게도 질투의 감정을 느낄 정도였다. 당시 내가 느 꼈던 감정이 이제 사실로 드러나는 순간이었다. 커리어적 으로 본인보다 앞서간다고 생각하면 한없이 질투심을 뿜 어냈다. 예를 들어, 본인보다 먼저 해외로 출장이라도 가게 될 경우가 그러했다(해외 출장이 뭐라고…). 그리고는 얼마

후 본인이 해외출장을 가게 되면 그 질투의 감정이 풀리곤 했다. 그러니 그동안 나는 그에게 질투의 대상이 되어 괴롭힘을 당해야 했던 것이다. 그가 나를 괴롭히는 방법은 화나고 못마땅해 있는 사람처럼 행동하거나, 나를 통제하는 일이었다. 이런 그의 반복적인 모습에 혼란스러워 어느 날부터 내가 물었다.

"Tu es faché maintenant?" "당신 지금 화난 상태야?"

"Pas content?" "무슨 문제 있어?"

"Je peux parler?" "지금 말해도 되는지 궁금해."

그의 감정 상태를 묻고 내가 말을 해도 되는지 알아야 될 지경에 까지 이르렀다. 그는 상황에 따라 말을 잘 바꾸기도 했다. 이렇게 말했다 저렇게 말했다 정신을 못 차릴 정도였다. 너무도 혼란스러운 나머지 한번은 내가 말했다.

"왜 거짓말을 해? 저번에 분명히 그렇게 말하지 않았잖아!"

그에게 있어 거짓말은 그냥 해도 되는 말 같았다. 거짓말을 했다는 걸 인정하지 않으려 했고, 당연히 할 수 있다고 생각하는 듯했다. 그의 거짓말에 나는 매번 감정의 롤러코스터를 타야했다. 그런데 나에게 그리도 불같이 자신의 감정을 여과 없이 보여주는 사람이 특정 집단에서는 태도를 바꾸어 더없이 선하고 조용하기 일쑤였다. 당시에는 모임 때마다 어색해 보이는 그의 모습이 참 의아했는데, 이제 알게 되었다. 그것 또한 본 모습을 감추는 나르시시스트들의 특징이라고 한다. 이 외에도 그의 여러 모습이 나르시시스트들의 그것과 너무도 닮아 있다.

우리는 모두 나르시시스트적인 기질 중 하나인 자기중심적인 특성을 가지고 있다고 한다. 그런 의미에서 나 또한 나르시시스트적인 기질을 가지고 있다. 그런데 그 강도가 얼마나 세냐에 따라 병적으로 분리되어 피해야 할 대상으로 여겨질 것이다. 전 남편은 일반인들보다 녀 나르시시스트적인 기질을 가지고 있는 사람이다. 병적인 수준일 수도 있고 아닐 수도 있다. 그리고 누구나 나르시시스트를 만날 수 있다. 나 또는 당신이 나약한 존재이기 때문이 아니다. 어찌 됐든 그와의 삶을 되짚어보고, 함께했던 시간동안 내가 느꼈던 감정들, 우리의 행동들을 분석하고 해석하는 동안 찾아낸 답이 있다. 모든 잘못은 내게 있지 않았다는 것 (잘잘못을 따지려는 건 아니다). 헤어진 결과에 대해 죄책감을 가지지 않을 것.

그럼 이제 어떻게 해야 하는가 하는 질문이 남아있었다. 온라인상에는 대부분 병적인 나르시시스트들과의 관계에서 발생한 개인적인 경험을 토대로 조언과 대응책을 알려준다. 그러니 그런 정보들만으로는 결론을 내리기는 어렵기는 하다. 그러나 모두 공통으로 하는 말이 있다. 일단 연락을 끊고, 상대가 아니라 나에게 집중할 것. 그동안 피폐해진 내 정신과 영혼을 따듯하게 어루만져줄 것.

처음에는 나를 다그쳤다. 왜 더 잘하지 못 했느냐고. 그런데 어느 순간 알게 되었다. 내가 나를 알아주지 않으면 아무도 나를 알아주지 않는다는 걸. 아무도 나보다 더 나를 알고 이해하는 사람은 없다는 걸. 친구도 가족도 그 누구도 나보다 더 나를 아껴줄 수 없다는 걸.

그래서 오직 나에게 좋은 에너지만을 주자고 다짐한다. 좋은 생각, 좋은 말을 해주고, 내 감정을 의심하지 말고 그대로 받아들이고 인정하기로! 그동안 일어났던 그 수많은 감정을 의심하지 않고 인정했다면 나는 더 건강하게 살았을 것이다. 그러나 후회하고 싶지는 않다. 덕분에 이렇게 그 원인을 알게 되었고, 이젠 진심으로 나 자신을 위하고 존중하는 삶을 살 수 있게 되었으니.

그러니 이 글을 읽고 있는 당신도 절대로 본인의 감정을 의심하지 말았으면 한다. 그리고 상대가 나르시시스트인지 아닌지, 내가 얼마나 많은 고통을 받았는지를 생각하기보다는 나를 더 단단히 만드는 계기가 되었으면 한다. 많은 현자들은 말한다. 내가 바뀌면 주위 사람들이 바뀌고 세상이 바뀐다고. 그 말에 동의한다. 나를 바꾸기 위해 나에게, 나의 내면에 집중하여 결국 나의 행동을 바꾸겠다. 그게 나르시시스트와 같은 존재들을 내 삶에서 사라지게 하는 방법이다.

◆

세 살의 나를 찾아서

제주도로 향했다. 변화하고 싶고, 나를 찾고 싶은 간절함이 그곳으로 이끌었다. 매일 지내는 익숙한 공간이 아닌 낯설고 새로운 공간으로 나를 이동시켰다. 다니는 요가센터에서 마련한 3박 4일의 명상여행에 최종적으로 참석 의사를 밝히고 센터에서 준비한 프로그램에 열린 마음으로 참여하기로 마음먹었다. 제주도로 가는 비행기 안에서 내내 창문 밖 세상을 바라보았다. 기체가 허공으로 올라갈수록 작아지는 사람들과 건물들, 도로와 자동차들은 마치 미니어처 나라에 온 것 마냥 작고 앙증맞았다.

나는 매일 그 자그마한 세상 속에서 살아가는 존재임을 다시 한 번 상기할 수 있었다. 비행기는 더 높이 올라갔고

기장이 고도 6000km를 지난다고 방송을 한다. 잠시 뒤 구름층을 뚫고 거침없이 올라가던 기체가 평행을 유지하더니 구름 위에 안착했다. 평온이 찾아왔다. 밑으로는 새하얀 구름바다가 한없이 펼쳐졌다. 제주도로 향하는 내내 몽글몽글하게 끝없이 피어있는 구름바다를 바라보며 새로운 나로 다시 태어나 돌아오기를 간절히 바랐다.

낯선 곳에서 낯선 이들과 낯선 활동을 하는 것에 대한 거부감을 모두 내려놓기로 했다. 이런저런 프로그램에 참여하고 명상을 하면서 기존의 관념과 습관으로 똘똘 뭉쳐있는 나를 내려놓는 연습을 했다. 첫날 저녁 명상 중 어떤 하얀 불빛이 스파클처럼 반짝였다. 처음에는 그 불빛의 정체가 무엇인지 몰라 의아해 했는데, 후에 명상 전문가에게 물어보니 내 주위에 있는 존재들이라는 답을 주었다. 유튜브 채널 중 '거울 명상'을 전파하는 김상운 선생님의 구독자분들이 주로 불빛을 보았다는 말을 많이 했는데, 나는 그때마다 경험한 적이 없어 이해할 수가 없었다. 그런데 그런 일을 나도 겪은 것이다. 뇌파의 어떤 작용 때문에 발생한 것인지 알 수가 없지만, 그 경험은 참 신비로웠다.

명상을 하며 나는 들판을 달리기도 하고, 깃털처럼 가벼워져 하늘 위로 올라가기도 하며, 바다 깊은 곳으로 가기도 하고, 지구를 벗어나 우주에서 노닐다가 오기도 한다. 그런 나를 바라보는 절대적인 존재를 보기도 하고, 어린 나와 현재, 미래의 나와 마주하기도 한다. 그러다 갑자기 과거의 이미지가 떠오르고 그때의 감정을 다시 느끼기도 하고, 매번 떠오르는 장면을 그저 바라만 보다가, 의지를 내어 그 장면 안을 들어가 나의 행동을 바꿔보기도 한다. 바라만 보고 있던 나와 마주하여 손을 잡아보기도 하고, 안아주기도 하고, 대화를 나누기도 한다. 감정이 격해져 눈물이 나서 울기도 하고, 평온을 찾아 그저 떠오르는 생각을 바라보기도 한다. 그동안 명상을 해왔지만, 제주도 여행으로 더 깊이 명상을 즐길 수 있게 되었다. 이것이 나를 찾기와 어떤 관계가 있을까?

명상을 하니 자연스레 나에게 집중하게 되었다. 방법은 여러 가지다. 나는 주로 숲속을 걸으며 하는 걷기 명상과 눈을 감고 호흡에 집중하는 명상, 떠오르는 생각을 그대로 흘려보내거나 바라보는 명상을 한다. 10여 년 전 처음 명상을 접했을 때, 어떻게 하는지 방법을 알지 못했을 뿐더러 일과를 마치고 늦은 시간에 눈을 감고 집중하는 일이 쉽지 않았다. 의자에 기댄 채 잠이 들곤 해서 진정한 명상을 체험하지 못했다. 그 후 세월이 지나 2년 전 다시 명상에 대해 알아보려 이런저런 책을 읽어보고, 영상도 찾아보았다. 치유하기 위해서, 나를 찾기 위해서, 단단한 나를 만들기 위해서, 성공하기 위해서, 건강을 되찾기 위해서 등등 이유가 많았다. 모두 좋은 이유이다. 이 모든 것이 명상을 하면 이루어진다고 한다. 좀 과장된 말 같기는 하지만 지금까지의 나의 경험으로 볼 때 절대로 허황된 표현이 아닌 듯하다. 물론 명상 외에 다른 노력을 해야 한다. 하고자 하는 일을 달성하기 위해서 행동하고 노력을 하는 것은 당연하다. 그런데 명상을 가미하면 본질과 일을 대하는 나의 태도 등을 상기하는 계기가 되어 단단한 기둥을 만들 수 있게 되고 어려운 일이 닥쳐도 쉽게 흔들리지 않는 내면의 힘을 기를 수 있게 되는 듯하다. 정신적인 평온함을 기를 수 있다. 타인과 외부상황이 아닌 나에게 집중하여 오히려 외부상황을 바꿀 수 있는 힘이 길러진다.

나에게 집중하기!

순수하고 자유로운 어린 아이를 떠올리기!

명상 여행 중 마스터님의 말씀이 기억난다.

"진정으로 나를 찾고 싶다면 세 살 어린 아이를 떠올려 보세요."

"순수하고 자신의 감정에 솔직한 아이가 생각날 겁니다."

나는 더 이상 과거의 경험이 잊어버려야 할 괴로운 고통으로 느껴지기보다는, 삶이 내게 알게 해준 자연스러운 경험이라는 생각을 하게 되었다. 그리고 나의 그 고통이 절대적 생존을 다투는 지역의 사람들의 그것과 비교하면 얼마나 미미한 것인지도 알게 되었다. 나를 제약하는 관념에서 벗어나 무엇이든 꿈꿀 수 있는 어린아이와 같은 순수하고 밝은 존재로서의 나를 만나고 존중하려 한다.

매 순간 알아차리는 연습을 하며 나의 감정을 인정하며 불필요한 감정과 거리를 두게 되었다. 어릴 적 엄마와 가족과의 관계도, 전 남편과의 관계도, 또 지금 나와 함께하고 있는 사람들과의 관계도 모두 내가 경험해야 할 그리고 해결해야 할 자연스런 숙제로 여겨진다. 그래서 매일 매 순간 나를 바라보고, 알아차리며 나를 찾는 연습을 하려 한다. 그 세 살 어린아이는 자신의 감정에 솔직하고 이 세상이 온통 호기심과 즐거움으로 가득 차 있으니!

✦

화해의 두 달

두 달 동안 그림을 그리고, 심리 상담을 받고, 여행을 하며 나는 대부분의 시간을 놀러 다니는 데 썼다. 글은 가끔 썼다. 이 책을 위해 새로운 글을 쓰거나 퇴고도 하지 않은 채. 그러니까 글쓰기를 아예 하지 않았다고 해도 무방하다. 그림을 그리고, 새롭게 민화를 배우러 다니고, 요가와 명상에 집중하니 기분이 좋아지고 기운도 솟아나는 것 같았다. 백신 주사를 맞으며 후유증으로 조금 힘들었던 날도 있었고, 여전히 매달 찾아오는 통증으로 살아있음을 느끼기도 했다. 두 달 동안 과거의 방법과 또 다른 방법으로 오로지 나를 체험하고 경험했다. 이 기간 동안 나는 다이아몬드처럼 빛나는 나를 수시로 만났고 사람들을 향해 밝아진 내 모습과 한층 더 자신감 넘치고 부드러워진 내 모습을 보았다. 처음으로 엄마를 안아주는 나를 발견했고 그런 엄마에게 감사하다는 말을 전하는 나도 만났다. 잘 알지도 못하는 사람들을 안으며 사랑한다고 말하는 나를 보았고 내 가슴에 손을 얹어 쉬지 않고 팔딱거리며 뛰고 있는 나의 심장과 조우하기도 했다. 내 안의 보이지 않는 장기들을 느끼며 나의 생명을 지탱하는 그 임무를 충실히 수행한 내 안의 나를 정성들여 바라보았다.

전 남편이 어쩌면 나르시시스트일지도 모른다는 걸 알게 된 후 나는 나를 더 자세히 들여다볼 수 있었다. 전문가들이 규정지은 인격장애라는 것이 어디에 해당하는지 나는 모른다. 그리 알고 싶지도 않다. 남편과의 관계 속에서 느꼈던 나의 감정이 거짓이 아니었음을 깨달았을 때 나는 기뻐서 울었다. 너무나 다행히도 그동안 무의식적으로나마 내가 나를 지키고 있었으니 얼마나 다행인지 모른다. 나의 감정을 애써 외면하면서도 그 끈을 완전히 놓지 않은 내가 고맙고 대견하다.

나의 부모님, 전 남편, 그의 부모님 그리고 또 다른 사람들. 그 가운데 있는 '나'라는 존재에 대해 많이 생각해 보았다. 이 커다란 우주에 존재하는 하나의 물질인 나. 지구별에 살고 있는 나는 부모님이 나를 선택한 것이 아니라 어쩌면 내가 부모님을 선택했을 수도 있고, 나의 형제자매와 내가 관계하는 사람들을 끌어당겼을 수도 있겠다는 생각이 들었다. 그렇다면 이 모든 것이 필연이라는 걸까. 그리고 그것이 내가 만든 우주, 나의 세계라는 생각이 드니 정신이 번쩍 들었다. 나는 나의 우주를 바꾸고 싶다. 선택을 달리하면 간단히 바꿀 수 있다. 생각을 바꾸고 행동으로 옮기면 그만이다. 그렇게 간단하다. 내가 원하는 우주를 만들기 위해 나를 바꾸면 될 일이다.

그러기 위해서 먼저 과거에 나와 관계했던 환경과 사람들과 화해하기로 했다. 그리고 과거의 나와 화해하기로 했다. 100일 동안 108배를 하고, 또 매일 이 네 마디의 말을 읊기도 했다.

"사랑합니다. 고맙습니다. 미안합니다. 용서하세요."

과거는 기억하고 싶지 않다고 해서 사라지지 않았다. 무의식 저 깊이 던져져 있었을 뿐, 세상 밖으로 나올 때만을 벼르고 있을 뿐이었다. 명상을 하면 불쑥불쑥 떠오르는 장면들이 있다. 평소 생각지도 않았던 오래된 기억이 되살아날 때도 있고, 전혀 인지하지 못하고 있던 과거의 감정들이 올라오기도 한다.

마망에게 편지를 쓰기로 하고, 전 남편의 성격장애?를 깨달으면서 마음이 복잡해졌다. 어떻게 풀어나가야 할까? 그들이 나와 전혀 관계없는 사람들이라면 고민되지 않을 일이다. 그러나 내가 지난 20여 년을 함께한 사람들을 완전히 외면할 수 있을까? 그럴 수 있다. 안 될 건 없다. 그런데 나는 할 말이 있다. 감사했던 마음도 전하고 싶지만, 아팠던 마음도 전하고 싶다. 억울함을 호소하려는 것은 아니다. 그저 진심을, 내 감정을 이야기하고 싶을 뿐이다. 오랜 시간을 함께했던 그들을 철저히 외면하고 싶지 않다.

많이 방황하며 나를 사랑하고 존중하는 방법을 알고 싶었다. 그런데 이제 그 방법을 알고 나니 삶이 한층 가벼워지는 듯하다. 나를 사랑하고 존중하는 방법은 생각보다 간단하다. 내 감정을 내가 알아주고 인정해주는 것. 바로 그것이다. 나를 알아주면 상대가, 세상이 나를 사정없이 흔들어대도 나를 단단히 붙잡을 힘이 생긴다.

두 달 동안 그림을 그리고 여행을 하며 대부분의 시간을 노는 데에 썼는데 나는 많이 밝아지고 단단해졌다. 과거를 인정하고 화해하게 되었다. 그때는 그럴 수밖에 없었음을, 과거 속 감정에서 허우적대지 않기로. 힘을 빼고 자연스럽게 흘러가도록 내버려 두기로. 평온을 찾아가고 있고 무엇보다 나를 많이 사랑하게 되었다. 나는, 그는, 우리는 존재만으로도 충분히 고귀하다는 걸 알게 되었다.

사람은 누구에게도 버림받지 않아요. 사람은 소중하고 존귀한 존재라서 누구든, 어떤 상황에서든 버려질 수 없어요. 수없이 버림을 받았다고 느끼며 살아온 지난 인생은 절대로 나의 잘못이 아닙니다. 마음이 약해지고 겁이 날 때마다 항상 되뇌어야 합니다. '나는 이렇게 살면 안 되는 존재다. 누구도 감히 나에게 함부로 할 수 없다.' 생긴 모습이나 가진 것, 배운 것이 어떻든 사람은 언제나 존중받아야 합니다.

— 오은영《화해》중

✦

꿈

Dreams are my reality!

나는 이제 꿈이 많아졌다. Dream이 Dreams처럼 난수가 아니라 복수인 것처럼. 이루고자 하는 목표도 많아졌다. 하고 싶은 일이 한둘이 아니다. 2년 전까지 무기력하고 무얼 해야 할지 몰랐던, 아니 욕망을 꾹꾹 누르고 있던 나는 이제 없다.

존재만으로 고귀한 나. 그 누구보다 소중한 나. 그런 나를 위해 버킷리스트를 작성해 보았다. 목록이 봇물처럼 쏟아지고 노트에 수십 수백 줄이 생긴다. 그동안 무얼 할지 몰랐던 나는 어디로 간 걸까. 아주 조그만 일까지 소중하고 즐겁고 흥미진진하게 느껴진다.

꿈에 대해 다시 생각해 보았을 때 막막했다. 막연히 사람들에게 도움이 되는 존재가 되기로 하며 내가 아닌 타인을 보았다. 세계 곳곳에 도움이 필요한 사람들을 위한 공부를 위해 학교로 돌아가기도 했다. 그리고 수업을 들으며 깨달았다. 정작 내가 도와야 할 사람은 그 누구도 아닌 '나'라는 걸. 그래서 또 생각했다. 어떻게 나를 도울 것인지…. 타인도 중요하지만 내가 더 중요하다는 생각이 들자 내 꿈을 찾아보기로 했다. 사람들에게 도움을 주는 일은 결국 '나에게 도움을 주는 일'부터가 출발이니까.

영화 음악 〈리얼리티Reality〉의 가사처럼 꿈은 현실이라는 걸 믿기로 선택했다. 현재를 충실히 살다보면 꿈이 현실이 될 날이 올 것이므로. 요즘 유행하는 책 〈시크릿〉에 나오는 내용도 알고 보면 이미 오래전 선조들이 꿈꾸며 믿어왔던 일이고 실제로 그런 방법으로 현재를 이루어내지 않았는가. 〈시크릿〉의 저자, 비행기 발명가, 컴퓨터 발명가, 수많은 철학자 성인들, 심지어 간디, 예수, 부처님도 그 오래전에 이미 깨달은 바이지 않은가.

나를 알아가는 일을 하나씩 해나가야겠다. 내가 좋아하는 것, 나를 기쁘게 하는 일, 나에게 보람과 의미를 부여하는 일. 그리고 내가 잘 하는 일. 모든 걸 종합적으로 생각해 보니 '나'라는 브랜드를 만드는 일을 하고 싶다는 생각이 든다.

국제업무, 꽃, 인테리어 컨설팅, 인테리어 디자인, 소품, 그림, 패션, 사진, 책, 명상가이드, 프렌치 요리와 예절, 식품과 주방 용품, 여행, 코칭과 강연, 프렌치 라이프스타일

그동안 해왔던 일들과 관심사를 통틀어 궁극적인 꿈을 꼭 이루고자 한다. 가장 가까울 것 같으나 어쩌면 더 멀게 느껴졌던 가족과 사이 하고픈 꿈이 생겼고, 나를 조건 없이 기다려준 소중한 친구들과 더 아름다운 날을 함께하고 싶은 꿈도 있다. 그리고 지금 내 곁에 있는 사람들, 또 새롭게 만날 좋은 사람들과 의미있는 관계를 유지하고 만나고 싶은 꿈이 생겼다. 자본주의 사회이니 경제적 자유를 꿈꾸는 것도 당연하다.

꿈을 이루기 위해서는 많은 사색과 실행을 거쳐야 함을 알고 있다. 두려움보다 설렘으로 실패가 아닌 경험을 쌓으려고 한다. 그래서 오늘도 행동한다. 나의 꿈은 환상이 아

니다. 현실이다. 매일 꿈에서 눈을 떼지 않는다. 꿈을 이루려는 근본적인 이유인 타인과 사회에 선한 영향력을 행할 것을 잊지 않는다. 나의 꿈은 현실이므로!

그리고 궁극적으로는 매 순간을 최선을 다해 즐기며 살아가는 게 나의 꿈이다. 늘 성장하는 나. 감정을 인정하는 나. 긍정적인 나. 즐거운 나. 하고자 하는 바를 경험하고 이루는 나. 나를 위해 사는 일이 결국 남을 돕고 사회에 기여하는 지름길이다.

꿈을 이루기 위해서는 확실한 꿈(목표) 설정, 구체적인 계획, 노력 그리고 그 꿈을 이룰 수 있다는 믿음이 필요하다. 과거와 나 그리고 사람들과도 화해하는 꿈을 꾼다. 심리학자 오은영 선생님의《화해》라는 책에 의하면 과거와 화해하고 나와 관계한 사람들과 화해하는 일은 결국 나와 화해하는 일이었다.

최근 한 유명 아나운서가 방송에서 하는 말을 들었다.

"내가 무얼 좋아하는지, 내 감정이 뭔지 잘 알지 못했어요. 그래서 주변 사람들에게 항상 물어봤어요. 자꾸 이런 생각이 드는데 맞나요?"

그녀의 모습이 왠지 나와 너무도 닮아 있다. 자신의 감정

307

에 대한 확신이 없는 사람. 내가 그런 사람이었다. 그녀의 이런저런 경험담을 듣고 전문가가 말한다.

"XX 아나운서님은 세상을 잘 모르는 것 같아요. 보통 사람들이 생각하는 패턴을 잘 모르니 자신이 감정을 의심할 수도 있어요. 세상 이치를 진지하게 배워야 나를 보호할 수 있기도 합니다."

그녀의 말을 듣고 나는 무릎을 탁 쳤다. 나도 바로 그런 사람이었기 때문이다. 나는 세상을 잘 안다고 생각했다. 그런데 주위에선 나에게 세상을 잘 모르는 것 같다는 말을 한다. 사람들이 모두 선하다는 생각은 하지 않았다. 그러나 세상은 내가 생각하고 반응하는 대로 흘러간다는 다소 극단적이고 순진한 생각을 하고 살았던 것 같다. 어떤 점에서는 그럴 수도 있지만 언제나 그렇지는 않다. 세상엔 별의별 일이 있고, 별의별 사람들이 있다. 70억 사람들을 모두 만난 것은 아니지만 상황에 따른 보편적인 인간의 마음이 있다는 것에 눈을 뜬 듯하다. 그러나 내가 좋아하는 것, 하고 싶은 것을 찾고 꿈을 이루는 삶을 살아가는 과정에서 나를 규정하고 세상에 잣대에 맞추려는 생각은 무의미하다. 규정을 짓는다는 건 한계를 짓는 것. 나는 나의 정체성을 뛰어넘고 나의 한계를 무너뜨려 내가 꿈꾸는 삶을 이루는 존재로 살아가고 싶다.

◆

새벽

"도대체 언제 정신 차릴 거야? 어떻게 하면 정신을 차릴래?"

남자는 여자 몸을 잡고 머리가 끽일 징도로 흔들어 대고 싶었을지도 모른다. 아무것도 하지 않는 여자에게 얼음물이라도 끼얹어 정신이 번쩍 들게 하고 싶었을 것이다.

그러나 당시 그녀가 할 수 있는 일이라곤 아무 일도 하지 않는 것이었다. 그건 마치 여자가 이전부터 침묵하기를 선택한 것과 같다.

'차라리 아무 말고 하지 말고 아무것도 하지 말자.'

여자는 참 오랫동안 아무것도 하지 않았다. 그것이 그녀를 위해 좋은 것은 아니었지만 그렇게 하는 것이 가장 안전하다고 생각했다. 하지만 악마 아니 천사가 나타나 그런 그들의 관계에 종지부를 찍게 도와주었다(이쯤 되면 독자 여러분께서도 이 일은 그녀 혼자 한 일이 아니라는 걸 아셨을 겁니다).

그런데 남편이 여자에게 바라는 바를 여자 스스로도 너무도 갈망해왔다.

'제발 정신 차리자. 제발 말 좀 하자. 제발 뭐라도 좀 하자.'

그러나 그런 일은 일어나지 않았다. 여자는 팔 다리가 꽁꽁 묶여있는 사람처럼 살아갔다.

이혼을 하고 한국으로 와서 몸을 이리저리 움직이며 생각을 했다. 무엇을 해야 할까? 내 인생을 확실히 바꿀 수 있는 게 과연 무엇일까? 생각을 하고 정보를 찾고 또 찾았다.

'새벽 기상 반! 새벽 시간 활용하기! 새벽을 깨우기!' 자기계발이라는 단어가 인터넷에 넘쳐났다.

'이게 뭐지? 자기계발? 그걸 새벽 시간을 이용해서 한다고?'

자기계발이라는 단어도 생소하고 새벽 기상은 더더욱 생소한 단어이다. 새벽에 일어나는 걸 가장 힘들어하는 여자이다. 그런데 그 단어가 눈에 현미경처럼 확대되어 들어왔다.

'새벽에 일어난다고? 성공한 사람들이 하나같이 새벽에 일어난단 말이지?'

여자는 성공한 사람들처럼 새벽에 일어나 보기로 했다. 자신을 위해 무언가를 하기 위해 새벽에 일어나 본 적이 없었다. 비행기 시간에 맞춰 공항에 도착하기 위해 일어난 적은 있을 뿐. 딱 그뿐이었다.

새벽 4시에 일어났다. 가장 먼저 세수를 하고 커피를 타고 책상에 앉았다.

'무얼 하지?' 책을 읽기 시작했다. 한 페이지를 읽자 졸음이 쏟아졌다. '한 시간은 버텨야 하는데…. 일어난 지 몇십 분 만에 이러면 안 되지.'

회사를 다니고 있어서 더더욱 힘들었다. 회사에서 졸면 안 되니 4시 기상을 6시로 바꾸었다. 그래도 쉽지 않았다. 회사를 그만 나가게 되었고 다시 4시 기상을 시작했다. 일기를 쓰기 위해서였다. 가장 먼저 하루 세 쪽 모닝일기를 써갔다. 무슨 말을 쓰는지 모르겠지만 그냥 써 내려갔다. 정신없이 쓰고 나면 삼십 분이 훌쩍 지나가 있었다.

그리고 또 할 일이 있다. 책읽기. 한 시간 동안 책을 읽어 내려갔다. 그 후론 밖으로 나가 숲으로 갔다. 새벽에 할 일이 정해지자 4시에 일어나는 게 가능해졌다. 그런데 문제는 오후부터였다. 점심을 먹으면 바로 잠이 쏟아졌다. 정신을 못 차릴 지경이었다. 운 좋게 어떤 날은 간단히 십분 낮잠으로 지나가기는 했다. 그러나 또 어떤 날은 하루 종일 병든 닭처럼 졸면서 시간을 보내기도 했다. 새벽기상이 가능해졌어도 그 이후가 문제였다. 그래도 그게 어디인가? 새벽에 일어나는 걸 가장 힘들어 했던 내가 새벽에 일어날 수 있게 되었고 새벽 시간을 알게 되었다.

그리고 그 무엇보다 나에게 찾아온 선물 같은 시간에 감사할 일이 생겼다. 새벽에 나는 내 감정을 쏟아내고 있었다. 그동안 소홀히 해왔던 나 자신을 바라보고 있었다. 모닝일기를 쓰며 내 안에 감정을 아낌없이 쏟아내었다. 남편에 대한 나의 생각, 나에 대한 나의 생각, 엄마에 대한 나의 생각, 아버지에 대한 나의 생각, 마망에 대한 나의 생각, 파파에 대한 나의 생각, 오빠에 대한 나의 생각, 언니에 대한 나의 생각, 그리고 밀로에 대한 그리움…. 나는 많은 감정들을 써내려갔다. 혹시라도 떠오르는 생각을 놓칠세라 글씨체가 엉망이 되어도 써내려갔다. 쓰면서 펑펑 눈물을 쏟아내기도 했다. 쓰다가 괴로워 잠시 손을 멈추기도 했다.

힘들었지만 오로지 나를 위한 시간을 보내고 있었다.

책을 읽었다. 치유에 관한 책, 인간관계에 관한 책, 돈 벌기에 관한 책, 심리에 관한 책, 소설 책 등등. 책 한 권을 읽으니 책 속에 책이 있어 또 읽게 되고 그 책 속에 또 책이 있어 또 읽게 되었다.

'책읽기가 이렇게 재미있었나?'

오랜만에 책을 들었으나 읽고 싶은 책이 끊이지를 않았다. 어릴 적 읽었던 어린 왕자도, 데미안도 다시 읽으니 다시 새롭게 다가왔다.

책을 쓰기 시작했다. 비록 내가 일생일대의 괴로운 일을 겪었지만 살아남았으므로 나의 경험을 바탕으로 누군가에겐 힘이 되어 주고 싶었다. 한 사람이라도 내가 하는 말을 듣고 목숨을 건지기를 바랐다. 써가는 과정이 쉽지 않았다. 그러나 그동안 사용되고 있지 않았던 뇌가 풀가동되는 느낌을 받았다. 기분이 좋았다.

그리고 글을 쓰기 시작했다. 책쓰기와 글쓰기의 차이를 알게 되었다. 때로는 객관적으로, 때로는 주관적으로 나를 들여다보게 되었고 그 모든 과정에서 온전히 '나'임을 체험할 수 있는 글쓰기를 하게 되었다. 블로그 책쓰기 프로젝트에 참여하면서부터이다. 매일 블로그에 인증을 해야 했으므로 매일 써야 했다. 그런데 이상하게 그런 압박이 있음에도 나는 내 감정선을 따라 내 글을 써가고 있었다. 글솜씨는 물론 엉망진창이었다. 한국어를 안 한 지 오래된 나로선 더더욱 쉽지 않은 작업이었다.

그러나 100일 글쓰기를 성공적으로 마치고 든 생각이 있다. 글 쓰는 사람으로 살아야겠다는 것이다. 이전에는 '책을 한두 권 쓰면 참 좋겠다. 그리고 그 책이 한 명의 독자라도 살리면 좋겠다'는 생각에 그쳤다면 이제는 평생 글을 쓰고 책을 쓰는 사람으로 살고 싶다는 생각을 하게 된다. 글을 쓴다는 것은 나를 놓지 않겠다는 다짐이다. 더 이상 나를 그 누구에게도 맡기지 않겠다는 맹세를 하는 것이다. 평생을 배우고 나누는 사람으로 살겠다는 결심이다.

이 일을 나는 새벽에 하기 시작했다. 새벽 네 시에 일어나서 글쓰기. 어떤 날은 세 시 반에 일어나기고 하고, 또 어떤 날은 네 시 반에 일어나기도 한다. 정말 피곤한 날엔 다섯 시에, 여섯 시에 일어날 때도 있다. 그러나 매일 글쓰기는 포기하고 싶지 않다. 작은 메모라도 좋다. 언제 어디서든 매일 생각을 정리하고 글을 쓰고, 글을 쓰며 생각을 정리

하는 삶을 살아가려 한다. 새벽이 나에게 준 선물이다. 나를
타인을 세상을 끈질기게 탐구하고 싶다.

✦

에필로그

글을 끝까지 읽어주신 당신께 감사드립니다.

이 책은 특정인을 비방하려 쓴 책이 아니고, 저를 자랑하기 위해 쓴 책도 아닙니다. 이 책은 저의 무지와 미숙함으로 인해 제 삶에서 일어난 일을 회상하고 성찰하기 위한 것입니다. 책을 쓰는 과정에서 저를 현미경으로 들여다보기도 하고, 한 걸음 떨어져 객관적으로 보려는 연습을 하기도 했습니다.

저는 아직도 미숙합니다. 그러나 이제는 매일 글을 쓰게 되면서 저를 돌아볼 수 있게 되었습니다. 그건 자아비판이나 자기비하를 말하는 것이 아니라 제 자신을 좀 더 면밀하게 관찰함으로써, 저의 다양한 모습과 감정을 있는 그대로 인정하는 연습을 하는 것입니다. 저를 사랑하는 연습을 하는 것입니다. 아니 연습이 아니라 실전으로 차곡차곡 쌓아가고 있습니다.

인정, 공감, 지지 그리고 조건 없는 사랑으로 여러 모습의 나를 대하고, 또 여러 모습의 타인을 대하려는 결심입니다.

조건 없이 나를 사랑합니다.
조건 없이 당신을 사랑합니다.

벨플러의 꿈

초판 1쇄 인쇄 2022년 7월 8일
초판 1쇄 발행 2022년 7월 22일

지은이   김미영

책임 편집   권정현
편집   양지원

디자인   박은진
마케팅 총괄   임동건
마케팅 지원   전화원 한민지 이제이 한솔 한울
경영 지원   임정혁 이지원

펴낸이   최익성
출판 총괄   송준기
펴낸곳   파지트
출판 등록   제2021-000049호

제작 지원   플랜비디자인

주소 경기도 화성시 동탄원천로 354-28
전화 070-7672-1001 **팩스** 02-2179-8994 **이메일** pazit.book@gmail.com

ISBN 979-11-92381-10-7 03810